AF636033

Die Parodie ist unabhängiger von ihrer Vorlage, als man gemeinhin annimmt: Sie verweist zwar auf den parodierten Text zurück, ist aber doch auch als eigener Text lesbar, entwickelt ihre eigene Poetik, zeigt Mut zur Satire, zum Grotesken und Absurden, zum Sprachspiel.

Diese Sammlung setzt bei ›Volkslied‹ und ›Volksmärchen‹ ein und reicht im übrigen vom Mittelalter über Klassik und Romantik, das 19. Jahrhundert und die Aufbrüche der Jahrhundertwende bis in die unmittelbare literarische Gegenwart.

Texte von Ernst Jandl, Karl Valentin, Heinz Erhardt, Robert Gernhardt, Kurt Tucholsky und vielen anderen.

insel taschenbuch 2735

Auf weißen Wiesen weiden grüne Schafe

Auf weißen Wiesen weiden grüne Schafe

Parodien deutscher Lyrik und Prosa
Herausgegeben von Karl Riha
und Hans Wald

Insel Verlag

Umschlagabbildung: Edwin Romanzo Elmer,
Mourning Picture, 1890, Ausschnitt

insel taschenbuch 2735
Originalausgabe
Erste Auflage 2001
© Insel Verlag Frankfurt am Main und Leipzig 2001
Alle Rechte vorbehalten, insbesondere das der Übersetzung,
des öffentlichen Vortrags sowie der Übertragung
durch Rundfunk und Fernsehen, auch einzelner Teile.
Kein Teil des Werkes darf in irgendeiner Form
(durch Fotografie, Mikrofilm oder andere Verfahren)
ohne schriftliche Genehmigung des Verlages
reproduziert oder unter Verwendung elektronischer Systeme
verarbeitet, vervielfältigt oder verbreitet werden.
Textnachweise am Schluß des Bandes
Vertrieb durch den Suhrkamp Taschenbuch Verlag
Umschlag nach Entwürfen von Willy Fleckhaus
Satz: Hümmer GmbH, Waldbüttelbrunn
Druck: Nomos Verlagsgesellschaft, Baden-Baden
Printed in Germany

1 2 3 4 5 6 – 06 05 04 03 02 01

Inhalt

III Von der Romantik zum Fin de siècle

IV Von Expressionismus und Dada zur Gegenwart

Vorwort
Zu dieser Ausgabe

Kein literarischer Text, der nicht auf andere Texte verweist und entsprechende Erinnerungen, Assoziationen wachruft! Für Parodien gilt dies in ganz spezifischer Weise, stoßen sie sich doch – per Definition (abgeleitet aus griechisch ›parodia‹, d. h. Parallel- bzw. Nebengesang, auch Gegengesang) – von bekannten Vorlagen ab und traktieren diesen Vorgang als ihr genuines Thema. Dabei kann Satire, kann Spott mit im Spiel sein, aber auch einfach imitatorisches Vergnügen, die Lust am versetzten Wortlaut, am Vexierbild, das einen eigenen Reiz ausübt: Oft genügen ein paar die Vorlage sprengende Wortzusätze oder Wortverknappungen, und schon setzt die Nachahmung eines formalen Musters, die Imitation einer Verszeile, deren Rhythmus man im Ohr hat, den Reiz des parodistischen Verfahrens in Gang. Dabei ist die Parodie unabhängiger von ihrer Vorlage, als man gemeinhin annimmt: Sie verweist zwar auf den parodierten Text zurück, ist aber doch auch als eigener Text lesbar, entwickelt ihre eigene Poetik, zeigt Mut zum Grotesken und Absurden, zum Sprachspiel. Sie ist literarhistorisch auf die Ablösung geltender Prinzipien, auf das Wechselspiel der Epochen fixiert, bringt also, indem sie sich aus dem Bann der jeweils dominanten Poetik löst, Neues ins Spiel, signalisiert Veränderung – und partizipiert damit an der innersten Dynamik von Literatur.

Die hier vorgestellte Sammlung umfaßt das Gesamt der deutschen Literatur, sie setzt bei ›Volkslied‹ und ›Volksmärchen‹ ein und reicht im übrigen vom Mittelalter über Klassik und Romantik, das 19. Jahrhundert und die Aufbrüche der Jahrhundertwende bis in die unmittelbare literarische Gegenwart: Dabei greift sie auf bekannte und populäre Texte zurück, wie sie in den zahlreichen vorauslaufenden Parodie-Anthologien des 19. und 20. Jahrhunderts zu finden sind, begnügt sich aber nicht mit deren Reprise, sondern zeigt auf, daß das Verfahren der Parodie bis in die jüngsten Bewegungen der Literatur lebendig geblieben ist und speziell hier eine Fülle neuer Beispiele gezeitigt hat. Dabei wird deutlich, daß speziell aus den Moderne-Bewegungen Impulse einfließen, die auf ihre Weise unterstreichen, daß wir unter ›Parodie‹ einen eigenen kreativen Vorgang fassen, der nicht nur in inhaltlicher Hinsicht, sondern gerade auch in seiner formalen Stoßrichtung immer wieder zu verblüffen vermag und für Überraschungen gut ist.

Die ›Chronologie‹ der präsentierten Texte ist an den parodierten Autoren und nicht an den Parodisten ausgerichtet. Das hat zur Folge, daß beispielsweise unter ›Goethe‹ parodistische Kontrafakturen, die bereits zu Lebzeiten des Klassikers kursierten, neben Parodien zu stehen kommen, die aus ganz frischer Feder geflossen sind: Derlei Texte miteinander zu vergleichen, die über die Zeiten hinweg ihren gemeinsamen Rückbezug auf Goethe haben, der im Spott vielleicht lebendiger bleibt, als es die betulichen Goethe-Verehrer in ihrer erbaulichen Zitierwut wahrhaben wollen, übt einen eigenen Reiz aus. Auf die Wiedergabe der parodierten Texte wurde verzichtet, weil viele unter ihnen als bekannt vorausgesetzt werden dürfen oder aber – nach dem Prinzip der ›verlorenen Form‹ – aus der auf sie gemünzten Parodie in ihrem groben Umriß zurückerschlossen werden können.

Das Schlußwort unseres Buches gehört – seinem Thema entsprechend – der Wissenschaft von der Literatur und einem ihrer renommiertesten Vertreter: Benno von Wiese. In seinem grundlegenden Werk über die ›Deutsche Tragödie‹ stießen wir auf einen ›Vorwort‹-Text von geradezu umwerfender Polyfunktionalität, dessen wir uns für unsere Zwecke gern bedienten: Wie immer man seine zentralen Termini ›Tragödie‹ und ›tragisch‹ austauschte und neue Begriffe gegen sie ins Spiel brachte, behauptete er sich in seinem Argumentationsschema und wahrte dabei sein hohes Explikations-Niveau. Also unterzogen wir ihn auch seiner Probe aufs Exempel der ›Parodie‹ und des ›Parodistischen‹ und profitierten auf diese Weise von seiner grundlegenden, durch mehrere Schüler-Generationen unter Beweis gestellten Substanz. Dem Leser ist es anheimgegeben, seinen eigenen Nutzen aus diesem Exempel zu ziehen und sich seiner zu bedienen, wo immer im literarischen Gespräch sich dazu eine Gelegenheit bietet.

KARL RIHA UND HANS WALD

I

Vom Volkslied und Märchen zum Mittelalter

ADOLF GLASSBRENNER

Variationen zum Leierkasten

Guter Mond, du gehst so stille
Über Deutschlands Fluren hin!
Vetter Michel rückt die Spille,
Greift dem Weibchen unters Kinn,
Nimmt das Amtsblatt, streckt die Glieder
Und spricht gähnend: 's ist schon Zehn!
Morgen kochst du Klöße wieder;
Laß uns jetzt zu Bette gehn.

Guter Mond, du gehst so stille
Über Deutschlands Fluren hin!
Doktor Bos legt ab die Brille,
Denkt des Tages Hochgewinn:
Einer Ode von Horazen
Gab er neuen Kommentar!
Froh bringt er, nach den Strapazen,
Morpheus nun sein Opfer dar.

Guter Mond, du gehst so stille
Über Deutschlands Fluren hin!
Vor der alten Hauspostille
Sitzt die fromme Kupplerin;
Vom Theater-Liebsgeschichtchen
Kehret heim der Intendant;
Drüben ist das Dreierlichtchen
Beim Studenten abgebrannt.

Guter Mond, du gehst so stille
Über Deutschlands Fluren hin!

Des Ministers jüngster Wille
Zeugt vom besten ruß'schen Sinn:
Dreißig Bücher sind verboten!
Kündet unser Abendblatt;
Auch find't künftig hin bei Toten
Nur zensiertes Reden statt.

Guter Mond, du gehst so stille
Über Deutschlands Fluren hin!
Seine Durchlaucht liest Pasquille
Auf höchstihre Buhlerin;
Dafür macht er null und nichtig,
Was die Stände woll'n und tun,
Denkt noch der Parade flüchtig,
Und geruhet dann zu ruhn.

Guter Mond, du gehst sehr stille
Übers stille Deutschland hin!
Zirpen hör' ich schon die Grille,
Stumm ist jeder Lebenssinn;
Selbst die Orgeltöne rasten,
Da ihr Herr nicht drehen will,
Und der deutsche Leierkasten
Steht auf ein'ge Stunden still.

KLABUND

Deutsches Volkslied

Es braust ein Ruf wie Donnerhall,
Daß ich so traurig bin.
Und Friede, Friede überall,
Das kommt mir nicht aus dem Sinn.

Kaiser Rotbart im Kyffhäuser saß
An der Wand entlang, an der Wand.
Wer nie sein Brot mit Tränen aß,
Bist du, mein Bayernland!

Wer reitet so spät durch Nacht und Wind?
Ich rate dir gut, mein Sohn!
Urahne, Großmutter, Mutter und Kind
Vom Roßbachbataillon.

O selig, o selig, ein Kind noch zu sein,
Von der Wiege bis zur Bahr'!
Mariechen saß auf einem Stein,
Sie kämmte ihr goldenes Haar.

Sie kämmt's mit goldenem Kamme,
Wie Zieten aus dem Busch.
Sonne, du klagende Flamme:
Husch! Husch!

Der liebe Gott geht durch den Wald,
Von der Etsch bis an den Belt,
Daß lustig es zum Himmel schallt:
Fahr wohl, du schöne Welt!

Der schnellste Reiter ist der Tod,
Mit Juppheidi und Juppheida.
Stolz weht die Flagge schwarzweißrot,
Hurra, Germania.

JOACHIM RINGELNATZ

Volkslied

Wenn ich zwei Vöglein wär,
Und auch vier Flügel hätt,
Flög die eine Hälfte zu dir.
Und die andere, die ging auch zu Bett,
Aber hier zu Haus bei mir.

Wenn ich einen Flügel hätt
Und gar kein Vöglein wär,
Verkaufte ich ihn dir
Und kaufte mir dafür
ein Klavier.

Wenn ich kein Flügel wär
(Linker Flügel beim Militär)
Und auch keinen Vogel hätt,
Flög ich zu dir.
Da's aber nicht kann sein,
Bleib ich im eignen Bett
Allein zu zwein.

FRITZ GRASSHOFF

Neues Kinderlied

Hokuspokus, Hexenschuß,
ritzeratze Rhizinus,
alle Vögel sind schon da.
Mutter kriegt ein Kind, hurra!
Ein Kind aus Cornedbeef und Tee,
und Pate wird Herr Jemineh,
o.k.
Und löffelt's brav seine Suppe aus,
beschert ihm der heilige Nikolaus
ein Stückchen Staat
mit Stacheldraht,
paar Läuse für die Hosennaht,
eia, popeia!

Ehle, mehle, kickrickih!
Eins, zwei, drei, da kommen sie:
Amsel, Drossel, Storch und Kauz.
Mutter kriegt ein Kind, pardauz.
Ein Kind aus Stahl und Bakelit
trotz Nabelbruch und Kaiserschnitt,
didelitt!
Die Fahne soll seine Windel sein!
Was legen wir ihm in die Wiege hinein?
Ein Stück Beton
als Lutschbonbon,
'ne Panzerfaust im Pappkarton,
eia, popeia!

Piff, paff, puff, Panoptikum!
Viele Häuser fallen um.
Alle Vögel fliegen weg.
Mutter kriegt ein Kind, o Schreck!
Ein Kind aus Sägemehl und Stroh
mit Grind und Krätze am Popo,
holdrioh!
Und wenns nicht stirbt, nicht platzt oder fällt,
was kann es sich kaufen für teures Geld?
Ein Stückchen Brom,
ein Stück Atom,
ein bißchen Schutt vom Kölner Dom –
eia, popeia!

FRIEDRICH TORBERG

Die Prinzessin kokettiert

Ein Märchen

Es war einmal eine Prinzessin, die war dermaßen schön und liebreizend, daß das Märchen mit vollem Recht so beginnt. Denn eine solche Prinzessin war wirklich nur einmal, ein einziges Mal. (Daß sie in Wirklichkeit gar keine Prinzessin war, ist durchaus belanglos. Ihre Verehrer, die auch keine Prinzen waren, nannten sie auch Fürstin, Königin – denn, in ihrem Reich, im Reich der Liebe, sind die Adelstitel noch nicht abgeschafft.)

Wie es nun schon die Art solcher Prinzessinnen ist, schlug sie die besten Partien, die sich ihr boten, in schrullenhafter Weise aus, sehr zum Grame ihrer Eltern und Verehrer. Ja, wenn die wenigstens gewußt hätten, was sie vollbringen müßten, um die Hand der schönen Prinzessin zu erringen! Aber die Prinzessin erließ gar keine Preisausschreiben, die herkömmlichen Ulke, wie Auflösen von Kreuzworträtseln, Gewinnen von Steeplechases und so weiter fruchteten bei ihr nichts. Die Prinzen, Fürsten und Grafen mochten tun, was sie wollten – das Herz der Prinzessin blieb ihnen verschlossen. Sie kokettierte wohl mit ihnen, machte ihnen hie und da kleine Avancen und trieb die Liebesglut der Bewerber bis zum Äußersten – um dann im letzten Moment ihr schwarzes Wuschelköpfchen zurückzubiegen und mit silberhellem Lachen davonzuflattern. Denn sie allein wußte die Bedingungen: der Ritter, der sie besitzen wollte, mußte einen ihrer Gedanken erraten! Das war aber noch keinem gelungen, und gar Viele hatten sich schon an dem starren Sinn der Prinzessin verblutet.........

Die Prinzessin aber fühlte sich dabei sehr wohl. Es kümmerte sie nicht, daß ihr Vater, der alte Herr König, keine Haare mehr besaß, die er sich hätte raufen können, es machte keinen Eindruck auf sie, daß ihre Frau Mama wehklagend in der Kammer saß und ein über das andere Mal schmerzerfüllt rief: »Um Gottes Willen, die dumme Gans wird mir am Ende noch sitzen bleiben mit der ganzen Ausstattung!« Sie trieb ihr Spiel weiter und wurde dabei von Tat zu Tag* schöner. Häufig geschah dies sprunghaft, an manchen Tagen war sie so schön, wie sie bei normaler Entwicklung erst eine Woche später sein sollte.

An einem solchen Tage begab es sich nun, daß wieder ein junger Prinz an ihren Hof kam und vor ihr marmornes Antlitz trat. Der war gleich so entflammt von ihrer Schönheit, daß sein Panzer dahinschmolz wie eitel Kerzenwachs. Aber auch die Prinzessin fühlte bei seinem Anblick ein so absonderliches Klopfen in der Herzgegend, daß sie nicht umhin konnte, den kleinen Spiegel in ihrer zierlichen Puderdose nach der Ursache zu befragen. Das Spieglein gab in wohlgesetztem Reim die Antwort:

»Ich künde Dir, was Du mir geschafft:
Liebe Prinzessin, Du hast Dich vergafft!«

Da ärgerte sich die Prinzessin gar sehr, denn sie wollte nicht glauben, daß es nun doch über sie gekommen wäre, dieses Gefühl, über das sie sonst nur spöttisch gelächelt hätte: die Liebe. Aber irgendetwas schien ihr doch nicht ganz zu stimmen, und sie beschloß für jeden Fall, des jungen Prinzen Anblick zu meiden.

Doch da schien der Teufel seine Hand im Spiel zu haben! Wenn sie sich in den Laubengängen des Schloßparks er-

* Druckfehler: Tat.

ging – wer trat ihr plötzlich entgegen? Natürlich der junge Herr Prinz. Wenn sie die Sitzordnung beim Souper einmal nicht höchstselber vornahm – wer war ihr Tischnachbar? Ebenderselbe.

Die schöne Prinzessin aber wollte es sich nicht gerne eingestehen, daß sie den jungen Prinzen liebte, und sie tat gerade das Gegenteil dessen, was ihr Herz gebot. Sie fing seine heißen Blicke auf und begegnete ihnen mit eisiger Kühle, sie ließ sich von der Glut seiner flüsternden Liebesworte umbranden und fing nicht Feuer – kurz, sie trieb es so weit, bis dem jungen Prinzen an einem Tag die Geduld riß, worauf er am nächsten Tag nicht mehr da war.

Recht einsam fühlte sich die schöne Prinzessin mit einem Mal. Ihre Versuche, sich darüber hinwegzutäuschen, waren wie Erbsen, die man an die Wand wirft, und oft war ihr Schmerz so groß, als ob sie auf diesen Erbsen hätte knien müssen. Wieder zog sie ihr Spieglein aus der Tasche und zu Rat, denn sie wollte sich doch endlich Klarheit verschaffen.

»Ich künde es Dir, bitte gleich, bitte sehr:
Du liebst den jungen Prinzen noch mehr!«

So sprach das Spieglein. Nun hätte man doch meinen sollen, daß die Sache für die Prinzessin erledigt war. Aber woher denn! Sie wollte sich noch immer nicht von ihrem Gefühl geschlagen bekennen, das ihr der Spiegel so klipp mitgeteilt hatte. Sie war eine Frau, mußte das letzte Wort behalten und dachte: »Ach was! Erst soll er einmal einen meiner Gedanken erraten, dann werden wir ja sehen! Extrawürste gibts nicht bei mir!«

Es wurde aber immer ärger. Wenn sie lustwandelte oder einsam auf dem Söller saß, dann gedachte sie mit Wehmut des jungen Prinzen, seiner blitzenden Augen, seiner süßen

Koseworte, denen sie keinen Glauben geschenkt hatte. So wie sie an ihrem seidenen* Taschentuch, nagte die Sehnsucht an ihrem Herzen, und oft ertappte sie sich dabei, wie sie dachte: »Oh, wenn ich nur seine Adresse wüßte! Ich würde ihm schon schreiben, ja ... vielleicht ... würde ich ihn sogar besuchen ...!«

Und eines Tages, wie sie wieder so dachte, brachte ihr die Kammerzofe ein Briefchen, und sie wußte gleich, daß es von ihrem jungen Prinzen war. Sie brach ihn auf und las etwa das: »Ich weiß, daß Du mich liebst! Wozu sollen wir uns quälen? Wir müssen uns wiedersehen! Ich kann leider nicht zu Dir kommen, da ich in der Eile dem Burgwart das Sperrgeld schuldig geblieben bin. Aber ich vermute, daß Du ganz gerne zu mir kämst. Ist es nicht so?« Folgte Name und Adresse.

»Pschakreff!« rief die Prinzessin, denn sie war eine russische Emigrantin, als sie den Brief gelesen hatte. »Jetzt hat er richtig meinen Gedanken erraten!« setzte sie bei sich fort. »Ein netter Gedanke übrigens, ein entzückender, ein herziger Gedanke das!« dachte sie weiter. Und da geschah etwas ganz Groteskes. Die Prinzessin faßte den Gedanken, begann mit ihm zu kokettieren, spielte mit ihm, so wie sie es mit den Männern zu tun gewohnt war – und vergaß darob ganz, ihn auszuführen. Der Prinz aber, etwas dekadent und blöd, wartete und wartete auf Antwort ......

Und wenn er nicht gestorben ist, dann wartet er heute nicht mehr, denn gar so blöd ist er wieder nicht.

* Druckfehler: seideen

RUDOLF FRANZ

Rotkäppchen

Es war einmal eine kleine Dirne, die von ihren sozialdemokratischen Eltern so hetzerisch erzogen wurde, daß sie ihre Gesinnung sogar im Namen und in der Kleidung zur Schau tragen mußte, denn sie mußte ein Käppchen von rotem Samt aufsetzen (die Herren Arbeiter kleiden ja sich und ihre Brut überhaupt heimlich immer in Samt und Seide) und wurde Rotkäppchen genannt. Eines Tages sprach die Mutter dieses früh verdorbenen Kindes zu ihm: »Komm', Rotkäppchen, da hast du ein Stück Kuchen und eine Flasche Wein, bring das der Großmutter hinaus.« Hier sehen wir so recht, was für dreiste Lügen die Sozialdemokratie in die Welt setzt, wenn sie von der Verelendung der Massen redet. Mit Kuchen und Wein wird in Wirklichkeit nur so um sich geworfen! Die Mutter ermahnte das sogenannte Rotkäppchen noch, »hübsch sittsam« auf dem Wege zu gehen (etwas viel verlangt von Kindern solchen Schlages!) und überhaupt recht artig zu sein, – eine Ermahnung, die offenbar sehr nötig war.

Schnell wie die Sozialdemokraten zu jedem Meineid bereit sind, gelobt die »Jugendgenossin« Rotkäppchen mit Handschlag (an Gott glauben ja diese entmenschten Geschöpfe nicht), die mütterlichen Weisungen zu befolgen. Die Großmutter wohnte draußen im Walde. Rotkäppchen benutzte die Gelegenheit natürlich, um ihren Eid zu brechen, indem sie nicht auf dem Wege blieb, sondern unnütze Blumen suchte, »zu einem Strauß für Großmutter«, wie sie sagte, wahrscheinlich in der Hoffnung, dafür etwas geschenkt zu kriegen oder gar von der Alten als Universalerbin eingesetzt zu werden. Auch suchte sie allerlei Waldbeeren, wie die vernaschte Proletarierjugend zu tun pflegt, und schlang sie auf der Stelle hinunter.

In jener Gegend hatte das sozialdemokratische Unwesen, wie sich nach dem Erzählten schon denken läßt, schrecklich überhand genommen, so daß die Polizeibehörde sich veranlaßt sah, statt der Polizeihunde richtige Polizeiwölfe anzustellen, die sich denn auch vollauf bewährten. Ein solcher Polizeiwolf begegnete nun dem Rotkäppchen und musterte es scharf, schnüffelte auch an ihm herum, weil ihm der Kuchen wohl verdächtiger Herkunft schien. Das ungeratene Kind spuckte und trat nach dem wackeren Tier und rannte dann davon, indem es den Kuchen fallen ließ. Um die Gottesgabe nicht umkommen zu lassen, machte sich der Polizeiwolf sofort an ihre Vertilgung, und als er damit fertig war, folgte er der Spur Rotkäppchens, um festzustellen, ob bei der Großmutter etwa verdächtige Dinge vorgingen.

Was sich nun weiter zutrug, läßt sich nur mutmaßen. Bei der Großmutter weilte außer Rotkäppchen auch noch ein Förster. Welcher Art seine jedenfalls unlauteren Absichten waren, ist nicht mit Sicherheit festzustellen gewesen, aber man darf das Schlimmste annehmen, da dieser Mensch im sozialdemokratischen Försterverband, den es damals noch gab, eine große Rolle spielte. Zweifellos sah er durch den braven Polizeiwolf sein verbrecherisches Treiben entdeckt und ermordete das edle Tier auf wahrhaft bestialische Weise, indem er ihm den Leib aufschnitt. Das sind dieselben Sozialdemokraten, die sich über die »Roheit« der Hofjagden zu entrüsten pflegen!

Das Tollste kommt aber noch. Das scheußliche Verbrechen wurde natürlich entdeckt, und die drei Beteiligten wurden wegen bewaffneten Aufruhrs, Landfriedensbruchs und Ermordung eines Beamten zur Rechenschaft gezogen. Da gab denn der Förster die bekannte lächerliche Geschichte zum besten, die Bestie (wegen dieser Ungebühr vor Gericht nahm der Vorsitzende den Kerl in eine sofort zu vollstreckende Ordnungsstrafe von drei Tagen Haft und stellte ihm eine Zusatzstrafe wegen Beamtenbeleidigung in Aussicht), der Polizeiwolf also habe sich eingeschlichen, Großmutter und Rotkäppchen verschlungen, er, der Förster, sei hinzugekommen und habe noch eben rechtzeitig das Untier (weitere drei Tage Haft für Ungebühr!) erlegen und die beiden Verschlungenen noch lebend (!!) ihm aus dem Bauche schneiden können. Bei dieser Aussage brachen natürlich die sämtlichen Herren Geschworenen in schallendes Gelächter aus. Einer von ihnen lachte so heftig, daß er ausscheiden und an seiner Stelle ein Ersatzgeschworener eintreten mußte, und ein anderer zog sich eine heftige Kinnbackenlähmung zu, worauf der Staatsanwalt die Anklage gegen den Förster auch auf vorsätzliche gefährliche Körperverletzung ausdehnte. Der unparteiische Vorsitzende war allzu gütig, indem er dem Angeklagten diese unverschämte Verhöhnung des Gerichtshofes nur mit strengen Worten verwies, ohne eine weitere Ordnungsstrafe zu verhängen, die ja doch nicht gewirkt haben würde. Zum Überfluß wurden noch als Sachverständige vier Universitätsprofessoren, Chirurgen von Weltruf, über die Frage vernommen, ob es für einen Wolf möglich sei, zwei Menschen so zu verschlingen, daß man sie ihm lebendig wieder aus dem Bauche schneiden könne. Die Herren verneinten einstimmig diese Möglichkeit und wiesen in einem längeren Gutachten nach, daß auch ähnliche Fälle nirgends glaubhaft berichtet würden, bis auf den des Prof. Jonas von der Universität Askalon, der ja, wie die gesetzlich geschützte Heilige Schrift unwiderleglich zeige, von einem Walfisch verschluckt und lebend wieder herausgegeben worden sei. Aber man müsse beachten, a) daß ein Walfisch kein Wolf, b) daß er bedeutend größer als ein solcher sei, c) daß er keine Zähne habe, d) daß Prof. Jonas vermutlich von kleiner Statur war, und e) daß die allgemeinen Verhältnisse sich inzwischen überhaupt geändert hätten.

Der gerissene rote Förster versuchte noch einen letzten Kniff, indem er die Ladung zweier Hofprediger und einiger Theologieprofessoren beantragte, die bezeugen sollten, daß sich auch heute noch Wunder ereignen könnten, wie geschrieben stehe. Der Staatsanwalt widersprach der Ladung dieser Zeugen, indem er die Behauptung des Angeklagten als wahr unterstellte, wodurch aber nichts für seine Unschuld bewiesen werde. Das Gericht beschloß gleichwohl die Ladung, um auch in diesem Falle sogar jeden Schein von sogenannter »Klassenjustiz« zu vermeiden. Das Gutachten der theologischen Sachverständigen war für den Angeklagten vernichtend. Sie wiesen in mehrstündigen Ausführungen nach, daß sich ein Wunder niemals in der Art zutragen könne, daß ein ausübendes Organ der Staatsgewalt ihm zum Opfer falle und ein Feind von Thron und Altar triumphiere.

Damit war das Schicksal des grün-roten »Genossen« und seiner Kumpaninnen besiegelt. Er wurde wegen Mordes zum Tode und zum dauernden Verlust der bürgerlichen Ehrenrechte, außerdem wegen vorsätzlicher Körperverletzung, Beamtenbeleidigung, Landfriedensbruchs und bewaffneten Aufruhrs zu insgesamt zehn Jahren Zuchthaus und zwanzig Mark Geldstrafe, eventuell noch zwei Tagen Zuchthaus verurteilt. Die Großmutter kam auf Lebenszeit ins Zuchthaus, das sogenannte Rotkäppchen erhielt mit Rücksicht auf seine Jugend – es war zwölf Jahre alt – nur ein Jahr Gefängnis, wurde aber der Fürsorge-Erziehung überwiesen. Das Todesurteil wurde sehr schnell, nämlich schon nach zehn Monaten, bestätigt, solche Empörung hatte der

Fall bis in die höchsten Kreise wachgerufen, und dann sogleich vollstreckt. Die Försterorganisation wurde aufgelöst, der Polizeiwolf erhielt ein Denkmal mit der Inschrift: Im Kampf für Religion und Vaterland gegen den Umsturz gefallen. Die Behörde führte aus Bengalisch-Indien zweitausend Polizeitiger ein.

ANDREAS BEHRENS

Rotkäppchen und der böse Wolf

Es war einmal ein kleines süßes Mädchen, das mit seinen Eltern in einem kleinen Haus wohnte. Nebenan wohnten die sieben Zwerge, und auf der anderen Seite Dornröschen mit ihrem Prinzen.

Eines Tages sagte die Mutter zu dem Mädchen, das Rotkäppchen genannt wurde, weil es immer eine rote Kappe trug: »Du mußt die Großmutter mal wieder besuchen und ihr etwas Geld, eine Flasche Wein und einen Kuchen bringen. Achte aber darauf, daß du das Geld nicht wieder am Imbiß an der Ecke ausgibst.«

Und weil das Rotkäppchen ein artiges Mädchen war, ging sie auch sofort los.

Als Rotkäppchen schon ein gutes Stück gegangen war, kam sie in den großen Wald, dort wollte sie der Großmutter ein paar Blumen pflücken. Leider verlief sich das Rotkäppchen, aber sie hatte Glück, denn sie fand eine Spur aus Kieselsteinen. Sofort folgte sie der Spur. Nach einer Stunde stand sie vor einer kleinen Hütte, die aus Lebkuchen gebaut worden war. Da dachte sich das Rotkäppchen: »Oh, Scheiße, ich glaub', ich bin im falschen Märchen. Das hier ist doch die Knusperhütte von Hänsel und Gretel«.

Und schon sah Rotkäppchen eine alte, häßliche Frau, die mit Rollschuhen angefahren kam. Freundlich fragte die alte, häßliche Frau: »Na, bist du Gretel?« »Nö«, antwortete Rotkäppchen. »Ja, aus welchem Märchen bist du denn?« »Na, ich bin doch das Rotkäppchen.« »Ach so, na dann verschwinde!« Also ging das Rotkäppchen weiter.

Nach einiger Zeit stieß sie auf die Bremer Stadtmusikanten: »Hey, wo wollt ihr denn hin?« »Wir? Wir wollen ein paar Räuber erschrecken.« »Könnt ihr mir vorher noch sagen, wie ich zu meiner Großmutter komme?« »Aber sicher doch, Rotkäppchen, du mußt da hinten links abbiegen und dann immer geradeaus gehen.« »Alles klar, tschüß.«

Und – wie gesagt – Rotkäppchen kam eine Stunde später bei ihrer Großmutter an. Die Großmutter stand ganz aufgeregt vor dem Haus und rief: »So ein Mist, jetzt ist der Scheiß-Wolf doch nicht gekommen, entweder er hat das Drehbuch nicht gelesen, oder er treibt sich wieder bei den sieben Geißlein rum.«

»Ich glaube, wir müssen das Märchen auf morgen verschieben.«

KATRIN ENDERS / JULIANE NIKLAS

Rotkäppchen mit Satzzeichen

Rotkäppchen trägt seine Kappe Komma
Geht in den Wald und besucht die Omma
Sie hat Wein und Kuchen Gedankenstrich
Das will sie stellen auf den Tisch
Der böse Wolf Omma in sich tunkt
Im Bett liegt statt Omma der Wolf Doppelpunkt
Rotkäppchen weiß das natürlich nich
Der Wolf nun fragt Gedankenstrich
Rotkäppchen was tust du weichen
Meinst du ich freß' dich Fragezeichen
Der Wolf ist böse Semikolon
Will Rotkäppchen zum Fressen holen
Rotkäppchen tut grüßen
Und sagt zum Jäger Gänsefüßchen
Hol uns raus und großgeschrieben
DENN WIR SIND IM BAUCH GEBLIEBEN
Sie holen Steine im Nu
Klammer Wackersteine Klammer zu
Der Wolf wird in den Brunnen getunkt
Und die Geschichte ist aus und Punkt

PETER WAWERZINEK

Ja zu Rotkäppchen

Den Kuchen auf den gedeckten Tisch stellen.
Nicht ans Sterben denken.
Die Blumen lieben, die man bricht.
Dem Bösen gut entgegentreten.
In welcher Maske es immer steckt:
Die Hoffnung nicht aufgeben.
Die entscheidenden Fragen mutig stellen.
Jedem aufs Maul schauen.
Zu Rotkäppchen Ja Ja zu Rotkäppchen.

(nach Richard Pietraß)

JOSEPH VICTOR VON SCHEFFEL

Das Hildebrandlied

Hildebrand und sein Sohn Hadubrand,
Hadubrand,
Ritten selbander in Wut entbrannt,
Wut entbrannt
Gegen die Seestadt Venedig.

Hildebrand und sein Sohn Hadubrand,
Hadubrand
Keiner die Seestadt Venedig fand,
Venedig fand,
Da schimpften die beiden unflätig.

Hildebrand und sein Sohn Hadubrand,
Hadubrand,
Ritten bis da, wo ein Wirtshaus stand,
Wirtshaus stand,
Wirtshaus mit kühlen Bieren.

Hildebrand und sein Sohn Hadubrand,
Hadubrand
Trunken sich beid' einen Riesenbrand,
Riesenbrand,
Krochen heim auf allen Vieren.

ARNOLD HAU

Der Sängerkrieg auf der Wartburg

Festspiel in einem Akt

Teilnehmer des Sängerkriegs:

Neidhardt von Kreuzberg
Oswin von Wolkenbruch
Wolfram von Eschenbach
Tannhäuser
Hugo von Hoffmannsthal
Graf Karl von Wartburg
Zween Schiedsrichter

Szene: *Auf der Bühne ist eine mittelalterliche Burganlage aufgebaut mit mannshohen Türmen, Gebäuden und Giebeln. Auf den dicken runden Burgfried inmitten des Hofes klettert der jeweilige Sänger. Die Sänger sitzen auf den Gebäuden und Türmen und unterhalten sich mit den Schiedsrichtern.*

Graf von Wartburg erscheint in Eile.

GRAF VON WARTBURG: Meinen Gruß, Ihr Herren. Laßt Euch nicht stören. Ich such nur meinen Harnisch. *Sucht. Beiseit*: Ist wohl woanders. Hm. *Laut*: Na, da gibts ja heut noch Musik. Das hat man nicht alle Tage. Viel Spaß.

Er geht eilig wieder weg. Die Sänger knobeln um die Reihenfolge. Oswin von Wolkenbruch gewinnt überlegen.

ERSTER SCHIEDSRICHTER: Oswin fängt an. Alles klar? Also los. Bitteschön, Herr Oswin von Wolkenbruch.

TANNHÄUSER: Bitte um Entschuldigung, aber …

ERSTER SCHIEDSRICHTER: Ja, was ist denn, Herr von Tannhäuser?

TANNHÄUSER: Wollt nur nochmals mich vergewissern. Mir ist da eines noch nicht klar...

ERSTER SCHIEDSRICHTER: Was denn?

TANNHÄUSER: Wie ist das denn bitte mit dem ... ich wüßt gern...

ERSTER SCHIEDSRICHTER: Also worum handelt es sich denn, Herr von Tannhäuser?

TANNHÄUSER: Ach – ist schon gut. Vergaß, was ich fragen wollt. War sicher nicht so wesentlich. Verzeiht!

ERSTER SCHIEDSRICHTER: Können wir nun anfangen? Nochmals: Ein Lied pro Teilnehmer. Es wird mittelhochdeutsch gesungen. Herr Oswin, bitte sehr!

Oswin von Wolkenbruch klettert auf den Burgfried. Klettert wieder herunter. Hat Laute vergessen. Holt sie. Klettert wieder hinauf.

TANNHÄUSER: Bitte um Entschuldigung. Eine Frage...

ERSTER SCHIEDSRICHTER: Ja, was ist denn schon wieder?

TANNHÄUSER: Bitteschön, wird das Klettern auch schon bewertet?

ERSTER SCHIEDSRICHTER: Natürlich nicht. 's kommt nur auf die richtige Deklination und Formenbildung an, das wissen Sie doch. Aber nun los. Herr Oswin, Sie haben sich jetzt die erste Deklination vorgenommen. Bitte Ihre Ablautreihen.

OSWIN VON WOLKENBRUCH *präludiert ein paar Takte auf der Laute und beginnt dann*:

schriben schreib schriben geschriben
riben reib riben geriben
ligen leig ligen gelogen
dihen dech digen gedigen
trihen trech trihen getrigen
Wafna!

Kurzes Nachspiel; starker Beifall.

ERSTER SCHIEDSRICHTER: Dankeschön, Herr Oswin von Wolkenbruch. Sie haben sich die erste Deklination zum Thema gesetzt und haben alles Wesentliche mit den vier a-verbo-Formen ausgedrückt. Ich fand das sehr schön, sehr straff.

ZWEITER SCHIEDSRICHTER: Besonders die Prägnanz der O-Hochstufe. Und die verspielte Pointe des Schlußrufes. Mhm! Sie wollen etwas dazu sagen, Herr von Tannhäuser?

TANNHÄUSER: Ja nun – ich fand das Lied – also ich möchte sagen – doch, doch, sehr schön, sehr straff. Wunderbar, wirklich.

Gemurmel der übrigen.

ERSTER SCHIEDSRICHTER: Ja, was ist denn? Herr von Eschenbach, möchten Sie etwas dazu sagen?

WOLFRAM VON ESCHENBACH: Ja – nein – ich meine...

NEIDHARDT VON KREUZBERG: Die vielen ›i‹ haben ihm nicht gepaßt.

WOLFRAM VON ESCHENBACH: Ja, das wars wohl. Etwas viel i's. Aber sonst sehr straff, ehrlich.

ZWEITER SCHIEDSRICHTER: Schön, dann können wir nun zum nächsten Sänger kommen. Wer ist dran? Herr Neidhardt? Bitteschön!

Der Graf von Wartburg erscheint in Eile.

GRAF VON WARTBURG: Nicht stören lassen, nicht stören lassen. Hat vielleicht einer der Herren mein Pferd gesehen? Schwarze Stute? Nicht hier? Muß wohl woanders sein. Nichts für ungut. *Beim Abgehen*: Ah! Sie sind schon am Singen? Fein, sehr fein! *Ab.*

Neidhardt ist raufgestiegen. Singt.

NEIDHARDT VON KREUZBERG:

brimmen bram brummen gebrummen
rimmen ram rummen gerummen

trimmen tram trummen getrummen
brimmen bram brummen gebrummen –
Tandaradei!
Springt herab.

ERSTER SCHIEDSRICHTER: Schon aus? Sehr schön, sehr schön! Das war also die dritte Ablautreihe, die dritte Deklination! Ganz treffend. Gedrungen. Gut die Wiederkehr der Anfangsreihe.

ZWEITER SCHIEDSRICHTER: Wirklich schön. Haben Sie alle bemerkt, wie der Doppelnasal die Brechung verhindert hat? Das nenn ich das Hohelied der Grammatik.

TANNHÄUSER: Fand ich auch! Besonders das mit dem »rimmen« war gut, nicht?

WOLFRAM VON ESCHENBACH: Wenn ich noch etwas dazu sagen darf?...

ERSTER SCHIEDSRICHTER: Aber bitte!

WOLFRAM VON ESCHENBACH: Nun, ich finde, es waren nicht mehr so viele i drin.

ZWEITER SCHIEDSRICHTER: Und? Halten Sie das für gut, oder...

WOLFRAM VON ESCHENBACH: Je nun, ich weiß nicht...
Allgemeines Gemurmel der Ungeduld.

ERSTER SCHIEDSRICHTER: Ja? Noch jemand was dazu zu sagen?

ZWEITER SCHIEDSRICHTER: Herr von Hoffmannsthal, Sie?

HUGO VON HOFFMANNSTHAL: Nein.

ERSTER SCHIEDSRICHTER: Gut, dann können wir weitermachen. Herr von Eschenbach, Sie sind dran.

TANNHÄUSER: Entschuldigen Sie bitte...

ERSTER SCHIEDSRICHTER: Was ist denn schon wieder?

TANNHÄUSER: Eine Frage: was machen wir, wenns regnet?

ZWEITER SCHIEDSRICHTER: Welche Frage! ’s ist doch herrlichstes Wetter...

TANNHÄUSER: Ich meine ja nur, wenn ... im Falle daß...

ZWEITER SCHIEDSRICHTER: Ach was! Stören Sie doch nicht immer! Wer ist jetzt dran? Bitte, Herr von Hoffmannsthal!

Hugo von Hoffmannsthal klettert rauf und beginnt.

HUGO VON HOFFMANNSTHAL:

Im Märzen der Bauer die Rößlein anspannt
dann werfen die Mägde die Saat in den Sand
er pflüget...

Gemurmel, Pfeifen.

ERSTER SCHIEDSRICHTER: Bitte um Ruhe. Ja, Herr von Hoffmannsthal, ich weiß nicht – Sie haben sich da vielleicht nicht so recht an die Vorschriften gehalten ... Sie sollten doch die Deklinationen...

HUGO VON HOFFMANNSTHAL: Kommt ja gleich – bittesehr:
er pflüget, pflouc, pfloge, gepflogen
er zieget, zouc, zuge, gezogen
es bliuwet, blot, blouwe, geblowen
und so fortan!

ERSTER SCHIEDSRICHTER: Danke, Herr von Hoffmannsthal. Fein. Sehr raffiniert in fremde Bezüge eingebettet – das Lehrhafte und das Lyrische, nicht wahr...

ZWEITER SCHIEDSRICHTER: Ich halte auch das Faktische daran für sehr subtil. Was meinten Sie eben, Herr von Tannhäuser?

Tannhäuser, der während des ganzen Wettbewerbs immer wieder aus einer kleinen Flasche trinkt, steht auf, wankt etwas.

TANNHÄUSER: Find ich gelungen. Oho, die Mägde!

Fängt zu lachen an und droht dem Vorsänger mit dem Finger.

ERSTER SCHIEDSRICHTER: Fanden Sie diese Verknüpfung von Formenlehre und Frühlingsallegorie so komisch?

TANNHÄUSER: Na! Ich möcht nur sagen: das kann ich auch!

ZWEITER SCHIEDSRICHTER *kühl*: Bittesehr, Sie haben jetzt Gelegenheit, Ihre Fähigkeiten zu zeigen. Sie sind dran.

Tannhäuser klettert auf den Turm, zieht eine Blockflöte hervor und beginnt Triller zu blasen. Gemurmel und Geschrei der übrigen.

ZWEITER SCHIEDSRICHTER: Ruhe! So geht's ja nun nicht, Herr Tannhäuser!

TANNHÄUSER: Stimmt. Zur Flöte kann ich nicht singen. Kann kein Mensch. Sie auch nicht, da unten Sie!

ERSTER SCHIEDSRICHTER: Wir warten!

TANNHÄUSER *wirft die Flöte runter und singt sehr laut*:

Der Frühling ist ein fetter Mann,
so recht aus Bier und Butter.
Er hat ein rotes Köpfchen an
als wie der Doktor Lutter.
Juppheidi und Jupphei...

Gemurmel und Rufe. Verhaltenes Lachen.

ERSTER SCHIEDSRICHTER: Was soll das mit den Deklinationen zu tun haben?

TANNHÄUSER: Überhaupt nichts.

Eins nach dem andern.
Jetzt kommts. Aufgemerkt! Los!
zwicken zwack zwocken gezwucken
ich du er sie es wir ihr sie
eins zwei drei vier fünf sechs sieben
wo ist denn mein Hut geblieben
zwick zwack zwock
bist ein alter Bock
Hollodrio...

BEIDE SCHIEDSRICHTER: Schluß! Sie sind disqualifiziert! Aufhören!

TANNHÄUSER:

Lirum larum Löffelstiel
wer viel trinkt, der macht auch viel…

Tumult, Graf von Wartburg erscheint in Eile.

GRAF VON WARTBURG: Oh, verzeihen Sie. Nicht stören lassen. Ich suche mein Pferd. Schwarze Stute, wissen Sie. Niemand gesehen? Aber meine Herren, was ist denn…

Großer Tumult. Die Schiedsrichter zerren Tannhäuser vom Turm, die andern Sänger aber haben inzwischen Tannhäusers Verse aufgegriffen, singen, tanzen, entreißen den Schiedsrichtern den Tannhäuser, heben ihn auf die Schultern und tragen ihn im Reigen um den Turm.

CHORUS *jauchzend*:

lirum larum Löffelstiel
wer viel trinkt, der macht auch viel
eins zwei drei vier fünf sechs sieben…

ERSTER SCHIEDSRICHTER: Aber was soll denn das! Herr Graf, sehen Sie selbst. Solch ein Auftritt! Was hat das noch mit einem Sängerkrieg zu tun … weh, weh…

Der Tanz wird wilder, die Schiedsrichter und der Graf werden gepackt und mitgerissen – lärmend ziehen alle ab, verschwinden in der Ferne. Hinter einem Haus kommt ein schwarzes Pferd hervor, geht über die Bühne. Das Licht erlischt. Aus der Ferne Geschrei.

II

Vom Barock zu Goethe und Schiller

ARNO HOLZ

Aus »Des berühmbten Schäffers Dafnis sälbst verfärtigte, sämbtliche Freß- Sauff- & Venus-Lieder«.

Er bokulirt im Hirschen
Ode Trochaica

Lustig-seyn und nicht studiren,
durch die Gassen kreutz und krumm
nach den Mägdgens scharmutziren,
lustig-seyn und nicht studiren,
dihses ist mein Bropprium!

Bluhder-Hosen, Bontac-Flaschen,
Wörffelgens und ein Rappihr,
darzu Göldt in allen Daschen,
Bluhder-Hosen, Bontac-Flaschen,
Bruder-Herz, daß lobb ich mir!

Wihder blühen itzt die Pfirschen,
alles ist wie Rohsen-roht,
drümb, so sizz ich hihr im Hirschen,
wihder blühen itzt die Pfirschen,
Dabbak ist mein Himmels-Brodt!

Hühnergens in Galantine
stellt man mir auff meinen Disch,
Blühmckens zihren die Turrine,
Hühnergens in Galantine,
auch die Sprottgens sind schön frisch!

Kugel-Dorten, Eyer-Baben
seh ich frölichen Gesichts,
darfor bün ich stähts zu haben,
Kugel-Dorten, Eyer-Baben,
Hola, Jung, verschütt mir nichts!

Jeder Dropffen, den ich drincke,
schärfft mir mehr das Capitol;
komme wihder, wenn ich plincke,
jeder Dropffen, den ich drincke –
Himmel, Herrgott, ist mir wohl!

Flöten, Lauten und Pandoren,
Gott sey Danck, itzt sind sie da!
Singt und springt mir in die Ohren,
Flöten, Lauten und Pandoren,
drey mal hoch die Musica!

Nachts mit gantz verschobner Krause
steh ich dan für meiner Thür.
Bün ich würcklich schon zu Hause?
Nachts mit gantz verschobner Krause,
ha, wie kom ich mir blohß für?

Soll ich itzt Skarteken schmihren?
Oder – dreh ich wihder um?
Nein, ich gehe cortesiren!
Soll ich itzt Skarteken schmihren?
Dihses were mir zu thumm!

Meine Feuer-reichen Jahre
blühn mir itzo, oder nie.
Pallas hat zu kortze Hahre,
meine Feuer-reichen Jahre
sind mir vihl zu werth for sie!

HEINZ ERHARDT

Das Weidenrößlein

(Nicht ganz so frei
nach Joh. Wolfg. Amad. v. Goethe)

Sah ein Knab ein Rößlein stehn,
Rößlein auf der Weiden.
War schon alt und gar nicht schön,
und es konnte kaum noch sehn,
doch er sah's mit Freuden.
Rößlein, Rößlein, Rößlein braun,
Rößlein auf der Weiden.

Knabe sprach: »Wie schön ist's heut,
Rößlein auf der Weiden!
Keine böse Wolke dräut,
alles ist voll Heiterkeit,
und die Luft ist seiden.
Rößlein, Rößlein, Rößlein braun,
Rößlein auf der Weiden!«

Rößlein sah ihn traurig an,
Rößlein auf der Weiden:
»Dort kommt schon der Bauersmann,
spannt mich vor den Wagen an,
schlägt mich mit der Peitsche dann,
bis ich nicht mehr weiterkann –
muß so viel erleiden ... !«
Rößlein, Rößlein, Rößlein braun,
Rößlein auf der Weiden.

KARL KRAUS

Das Seidenhöslein

Sah ein Knab' ein Höslein weh'n,
– Höslein unter'm Kleide!
War so weiß und blütenschön,
Knisterte beim Geh'n und Dreh'n,
War von feinster Seide!
Höslein, Höslein, Höslein weiß!
Höslein unter'm Kleide!

Und der Knabe lief hinzu –
– Höslein unter'm Kleide!
Höslein machte leis': Frou frou!
Sei nur nicht zu schüchtern, du,
Denn ich bin von Seide!
Höslein, Höslein, Höslein weiß!
Höslein unter'm Kleide!

Und dem Knaben ward so bang,
– Höslein unter'm Kleide!
Höslein wehrte sich nicht lang,
Rauschte, flüsterte *und – sank*!
Seligkeit und Freude!
Höslein, Höslein, Höslein weiß!
Höslein unter'm Kleide!

Und der Knab' nahm sie zur Frau!
– Höslein unter'm Kleide!
Doch nach Wochen – *schau, schau, schau* –
Trug die holde Ehefrau,
Dem Gemahl zu Leide:

Höslein, Höschen, Hosen grau!!
Barchent und nicht Seide – – !!

(nach Johann Wolfgang Goethe)

HANS WALD

sah ein maid …

sah ein maid ein knaben schön
knaben schön und zierlich
wollt sie ihn auch nahbesehn
fand ihn sehr begierlich

knabe aber wollt davon
ganz und gar nichts wissen
zog die schnute schief und sprach:
hau ab, kannst dich verpissen!

(nach Johann Wolfgang Goethe)

ERNST JANDL

Übe!

ÜBE!
rrrrrrrrrrrrrrrrrrrrrrrrrrrrrrrrrrrrrrrrr
A!
llllllllllllllllllllllllllllllllllllllllllllllllllllllllllllllllllllllllllllll
(eng)
iiiiiiiiiiiiiiiiiiiiiiiiiiiiiiiiiiiiiiiiiiiiiiiiiiiiiiiiiiiiiiiiiiiiiiiiiiiiiiii
ppp-
FEHL NIE!
ssssst
rrrrrrrrrrrrrrrrrrrrrrrrrrrrrrrrrrrrrrrrrr
(»uuuhii«)
NNNA!
llllllllllllllllllllllllllllllllllllllllllllllllllllllllllllllllllllllllllllll
EEE!
nnnnnnnnnnnnnnnnnnnnnnnnnnnnnnnnnn
WIPP!

FEHL'N'S?

(»püree«)
ssst! du!

»kau
meinen
(hhhhhhhhh)
auch...«

»diii
eee«

———

»vögel!«

———

»eee«

———

»ihn!«

———

»s–c–hwwwe———i«

———

———

———

GEH NIE IM WALD
eeewa...

———

rrrrrrrrrrrrrrrrrrrrrrrrrrrrrrrrrrrrrrrrrrrrrrr
TEE.
nnn–
UUU?
(rrrrrrrb
alder uuhe)

———

ssst! du!

———

»au!«
c——————————————h

(nach Johann Wolfgang Goethe)

A. DE NORA

Oder: »Über allen Wipfeln ist Ruh ...«

Wipfeln. Gipfeln. Kipfeln.
(Kuku!)
Über. In. Allen. Psst! Ruh!
– Spürend Du?

Pfaucht kaum mehr Hauch.
Walden Gevögel verlallte...
Geduld. Balde:
Hat es Dich auch!

(nach Johann Wolfgang Goethe)

GÜNTER BRUNO FUCHS

Und noch ein gleiches …

(Über welchen
Gipfeln ist eigentlich
Ruh? Doch nicht etwa
über allen?
Nein.)

Deutsche Ruhe
über alles, über alles
nachgedacht, möge mich
ein Traum
im Walde, möge mich
ein Vöglein doch, könnte
ich in seinem
Wipfel
aus der hohen
Höh und Höhe noch
über alles
balde
schweben, höher
mich in Gipfel
heben –

(Sauerei, wie diese
Vögel leben!)

(nach Johann Wolfgang Goethe)

FRANZ MON

über allen wipfeln

über allen wipfeln
wer den finger krümmt
warte nur alle vögel
die spreu vom weizen
ruhest du
ein blatt vorm mund
ist gekommen
wie du dich krümmst
alle steine sind schon da
so liegst du
wenn einer den kopf hebt
wie du mich anglühst
ohne wenn und aber
sonder sinn und zahl

(nach Johann Wolfgang Goethe)

M. MEITNER

Der moderne Erlkönig

Wer radelt so spät durch Nacht und Wind?
Es ist der Vater mit seinem Kind.
Es saust der Alte so schnell wie der Blitz,
Doch schwankt der Knabe auf schmalem Sitz.

»Mein Sohn, was birgst Du so bang Dein Gesicht?« –
»»Sieh'st Vater Du den Schutzmann nicht?
Den Schutzmann dort mit dem Helm von Stahl?«« –
»Mein Sohn, 's ist ein Laternenpfahl!« –

»»»Wo ist das vorschriftsmäßige Licht?
So viel ich spähe – ich seh' es nicht!
Man fährt nicht lichtlos im deutschen Reich –
D'rum haltet inne und das sogleich!««« –

»»Mein Vater, mein Vater und hörst Du nicht,
Was drohend der Schutzmann hinter uns spricht?«« –
»Mein Sohn, es ist die elektrische Bahn:
Es hört sich ihr Sausen wie Sprechen an!« –

»»»Und fährt der Alte auch wie der Wind –
Nur mühsam hält sich das schwächliche Kind.
Entwischen thät' er, führ' er allein –
Doch wird es ihm nimmer gelingen zu Zwei'n!«««

»»Mein Vater, mein Vater, mir schwindelt sehr –
Nicht lange halten kann ich mich mehr.«« –
»Mein Sohn, die Grenze ist nicht mehr weit
Und drüben sind wir in Sicherheit!« –

»»»Jetzt ruf' ich zum letzten Male: Halt!
Und steht Ihr nicht willig, so brauch' ich Gewalt!««« –
»»Mein Vater, mein Vater, jetzt faßt er mich an:
Der Schutzmann hat mir ein Leides gethan!«« –

Dem Vater grauset's, er radelt forcirt,
Er hat im Fluge die Grenze passirt.
Nun blickt er sich um, blickt hin und blickt her:
Der Sitz, wo sein Sohn saß, der hint're, war – leer!

(nach Johann Wolfgang Goethe)

DAVID KALISCH

Der Erlkönig

Bürgerliches Trauerspiel in drei Aufzügen

Personen:
Der Erlkönig, eine unbekannte Größe.
Der Vater, ein reitender Bürgerwehr.

Sein Kind, Mitglied des fliegenden Chors der jungen Kaufleute.
Erlkönigs Töchter, zwei unmoralische Frauenzimmer.
Eine alte graue Weide.
Ein Wind, der in dürren Blättern säuselt.
Ein Hof, den man mit Mühe und Not erreicht.
Die Professoren Henningen und Punzelmann.

Erster Act.

Der Erlkönig als Constabler verkleidet tritt auf, im Hintergrund der Vater mit seinem Kind.

ERLKÖNIG: Wer reitet so spät durch Nacht und Wind?

VATER: Entschuldigen Sie gütigst, ich bin es, wenn Sie nichts dagegen haben.

ERLKÖNIG: Wer sind Sie? Nächtlicher Rumtreiber!

VATER: Ich bin der Vater mit seinem Kind, Grobian!

ERLKÖNIG: Was? Grobian? Ich bin *erkannt*!

(Er reist sofort ab und will nicht eher wiederkehren, bis die Ruhe vollständig hergestellt ist.)

Der Vorhang kann aber nicht so lange warten und fängt an, langsam herunterzukommen.

Zweiter Act.

Vater und Kind sind noch immer mit Reiten beschäftigt.

DER ERLKÖNIG (erscheint und bemüht sich, dem jungen BÜRGERWEHRMANN etwas vorzureden, worauf dieser in die Goetheschen Worte ausbricht):
Mein Vater, mein Vater und hörest du nicht,
Was Erlenkönig mir leise verspricht?

VATER: Ach was, – dummer Junge – es hat schon mancher König was leise versprochen und es laut nicht gehalten. (Bei diesen Worten beginnt:)

Der Wind

in den dürren Blättern zu säuseln.

Zweite Scene.

ERLKÖNIGS TÖCHTER (kommen um die Ecke und rufen:) Na, wie is es, Kleener? Willst, feiner Knabe, nicht mit uns gehen?

DAS KIND: Mein Vater, mein Vater und siehst du nicht (dort)
Erlkönigs Töchter am düstern Ort?

VATER: Halt's Maul, Schafskopf, und laß Dir nich von die ollen Weibsbilder graulich machen.

DIE ALTE, GRAUE WEIDE (sehr empfindlich): Entschuldigen Sie, ich bin kein Weibsbild, ich bin nur eine alte Weide und scheine so grau.

VATER: Schweigen Sie augenblicklich, Weide, oder ich sag's dem Professor Punzelmann, daß er Sie sofort denunziere!

(Bei diesen Worten erscheint der Professor Punzelmann, und der Vorhang fällt vor Schreck zu Boden.)

Dritter Act.

Im Vordergrunde: Der Hof. Im Hintergrunde sieht man den Wald vor lauter Bäumen nicht.

Das Mitglied des fliegenden Corps der jungen Kaufleute liegt tot auf dem Boden.

Der Professor HENNING erscheint, um den Erlkönig wegen Ruhestörung auf die Festung zu bringen; da ihm dies nicht gelingt, so läßt er ihn vorläufig in Musik setzen.

Der Vorhang fällt, ohne die Einigkeit Deutschlands abzuwarten.

MORAL:

Man löse die fliegenden Corps auf.

(nach dem Gedichte eines gewissen Goethe
frei bearbeitet von
Charlotte Pirch-Bfeiffer)

HEINZ ERHARDT

Der König Erl

(Frei nach Johann Wolfgang von Frankfurt)

Wer reitet so spät durch Wind und Nacht?
Es ist der Vater. Es ist gleich acht.
Im Arm den Knaben er wohl hält,
er hält ihn warm, denn er ist erkält'.
Halb drei, halb fünf. Es wird schon hell.
Noch immer reitet der Vater schnell.
Erreicht den Hof mit Müh und Not —
Der Knabe lebt, das Pferd ist tot.

ALBERT RODERICH

Erlkönig

Vater und Kind
Reiten durch Nacht und Wind.
Töchter von Erlkönig
Necken das Kind ein wenig.
Kind schreit,
Vater reit'
Kommen nach Haus in Not.
Vater lebendig, Kind tot!

(nach Johann Wolfgang Goethe)

ERICH KÄSTNER

Kennst Du das Land, wo die Kanonen blühn?

Kennst Du das Land, wo die Kanonen blühn?
Du kennst es nicht? Du wirst es kennenlernen!
Dort stehn die Prokuristen stolz und kühn
in den Bureaus, als wären es Kasernen.

Dort wachsen unterm Schlips Gefreitenknöpfe.
Und unsichtbare Helme trägt man dort.
Gesichter hat man dort, doch keine Köpfe.
Und wer zu Bett geht, pflanzt sich auch schon fort!

Wenn dort ein Vorgesetzter etwas will
– und es ist sein Beruf etwas zu wollen –
steht der Verstand erst stramm und zweitens still.
Die Augen rechts! Und mit dem Rückgrat rollen!

Die Kinder kommen dort mit kleinen Sporen
und mit gezognem Scheitel auf die Welt.
Dort wird man nicht als Zivilist geboren.
Dort wird befördert, wer die Schnauze hält.

Kennst Du das Land? Es könnte glücklich sein.
Es könnte glücklich sein und glücklich machen!
Dort gibt es Äcker, Kohle, Stahl und Stein
und Fleiß und Kraft und andre schöne Sachen.

Selbst Geist und Güte gibt's dort dann und wann!
Und wahres Heldentum. Doch nicht bei vielen.
Dort steckt ein Kind in jedem zweiten Mann.
Das will mit Bleisoldaten spielen.

Dort reift die Freiheit nicht. Dort bleibt sie grün.
Was man auch baut – es werden stets Kasernen.
Kennst Du das Land, wo die Kanonen blühn?
Du kennst es nicht? Du wirst es kennenlernen!

(nach Johann Wolfgang Goethe)

HEINZ ERHARDT

Kennst du den Ort?

Kennst du den Ort, wo es stets muffig riecht?
Dir feuchte Kälte in den Anzug kriecht?
Wo stolze Flaschen stehen voll des Weins?
Wo Dosen dösen mit dem Schmalz des Schweins?
Wo Spinnen kunstgerecht die Wand »benetzen«,
und wo kein Stuhl ist, sich mal hinzusetzen?
Wo Kohlen frierend in der Ecke liegen?
Wo die Kartoffeln edle Keime kriegen,
die Waschmaschine wäscheharrend steht,
und wo des Wassers Haupthahn leise kräht?
Kennst du den Ort? O, Fremdling sprich!!
Du kennst ihn nicht? – Nun, aber ich!

(nach Johann Wolfgang Goethe)

SERENUS M. BREZENGANG

Kreubst du das Lerd …

Kreubst du das Lerd, wo die Zertissen breun,
Im dischen Lurb die Gonten-Schaffeln geun,
Ein sichter Wold vom bluschen Hierzel waust,
Die Mespe strall und hiech der Leubahr staust,
Kreubst du es wirl?
        Derfarn! Derfarn
Meut ich mit dir, o mein Gebeichler, zarn.

Kreubst du das Hieß? Auf Satzeln riest das Drauch,
Es glabscht der Suhl, es schappert das Gemauch,
Und Müsseldrehler strohn und spaun mich an:
Was hürscht man dir, du ampfes Kemd, gespran?
Kreubst du es wirl?
        Derfarn! Derfarn
Meut ich mit dir, o mein Berasper, zarn.

Kreubst du den Bragg und seinen Weifelzerg?
Das Mohlmaar sämt im Nischel seinen Wärg,
Im Hunkeln wast der Drannen alsche Brist,
Es strift der Fauß und über ihn die Flißt;
Kreubst du es wirl?
        Derfarn! Derfarn
Grapst unser Wärg! o Veichsler, leuß uns zarn!

(nach Johann Wolfgang Goethe)

KURT GRAF

Faust

Dr. Heinrich Faust,
Geplagt von Zweifel,
Macht Kontrakt mit Teufel.
Wird wieder jung,
Hat ein Tete a Tetchen
Mit Margaretchen,
Kauft ihr ein' Schmuck von Wertheim,
Auch einen für Frau Schwertlein.
Bruder Valentin will Gretchen rächen,
Muß aber mit Leben blechen.
Gretchen muß in Kerker rein –
Sie wissen schon warum –
Faust will zu ihr,
Sie ruft: »Nein, das war zu dumm,
Hinweg von mir,
Heinrich, mir graut vor dir!«

(nach Johann Wolfgang Goethe)

EDWIN BORMANN

Quintessenz

Ihr naht euch wieder? In die Ecke, Besen!
Luft! Luft! Klavigo! Meine Ruh' ist hin.
Der König rief: Ich bin ein Mensch gewesen;
Das Ewig-Weibliche, das war mein Sinn.
Ein deutscher Mann mag keinen Franzen leiden,
Der and're hört von allem nur das Nein.
Ich weiß nicht, nur die Lumpe sind bescheiden,
Ein Werdender wird immer dankbar sein.

Mir graut's vor dir, der Kasus macht mich lachen,
Und Marmorbilder steh'n und seh'n mich an;
Wer fertig ist, dem ist nichts recht zu machen,
Der Morgen kam, kühl bis an's Herz hinan.
Prophete rechts – mein Herz, was soll das geben?
Du sprichst ein großes Wort gelassen aus;
Das Wasser rauscht in's volle Menschenleben,
Ich denke dein, so oft er trank daraus.

Wenn ihr's nicht fühlt, ihr werdet's nicht erjagen;
Der Page lief, man sieht doch wo und wie.
Was hör' ich draußen? Fräulein, darf ich's wagen?
Grau, theurer Freund, ist alle Theorie.
Heißt mich nicht reden, schwankende Gestalten!
Man merkt die Absicht, dunkler Ehrenmann!
Durch Feld und Wald laßt mir herein den Alten;
Ich kenne dich, du siehst mich lächelnd an.

Er sah ihn stürzen, himmliches Behagen!
Der Knabe kam und ward nicht mehr geseh'n.

Die Sonne sinkt, du mußt es dreimal sagen –
Dies ist die Art, mit Hexen umzugeh'n.
Der Geist der Medizin ist leicht zu fassen,
Von Zeit zu Zeit seh' ich den Alten gern...
Es muß sich dabei doch was denken lassen?!
Ergo bibamus! ist des Pudels Kern.

(nach Johann Wolfgang Goethe)

ROBERT NEUMANN

Aus »Gespräche mit Goethe«

Dienstag, den 29. Februar 1827

Goethe war heute Mittags in der herzlichsten Stimmung. Er zeigte uns zum Nachtisch einige Kupfer, die ihm kürzlich zugekommen, und auf denen die berühmte Josefine Baker, eine Negerin zu Paris, fast völlig hüllenlos in einigen Tanzstellungen festgehalten war, indem er zugleich seine Tochter neckte, in der Fastnacht gleich jener im Grunde nur recht spärlich bekleidet der versammelten Hofgesellschaft sich vorgestellt zu haben. »Sie sehen hier«, sagte er, die Blätter immer wieder betrachtend, »wie bei diesen Angehörigen der sogenannten wilden Völker selbst die alltäglichen Verrichtungen anmutig und zugleich bedeutend auf den Beschauer zu wirken imstande sind. Hascht diese Rechte, unvermutet erhoben, nach einem der großen Papillons des Urwaldes, wie unser guter Meier sie uns gestern geschildert hat? Tritt diese Ferse, aus geübtem Gelenke seitwärts geschnellt, einen abgewiesenen Liebhaber für die im Knien flehend aufgehobene Stirn? Und ist es nicht, als wollte dies tanzende Naturkind leicht rückwärts gedrängten Gesäßes den Gespielinnen seine Mißachtung bezeugen?« Wir stimmten ihm zu.

Nachdem wir vom Tisch aufgestanden und die Frauen hinaufgegangen waren, sagte ich zu Goethe: »Es ist mir immer wieder eine Offenbarung, wie vor Ihrem ordnenden Geiste auch das scheinbar Unzusammenhängende sich zu einem harmonischen Weltbilde zu fügen anhebt. Ich sehe nun eine unmittelbare Beziehung zwischen dem Tanz des Negermädchens und der Szene im zweiten Teil Ihres Faust, wo der, nachdem er vergebens den Papillon der Erkenntnis zu erhaschen versucht hat, zu den Müttern hinabsteigt, um, von Helena vor die flehende Stirn getreten, der abgewandten Mißachtung des naturhaften Prinzipes sich preisgegeben zu sehen.«

»Sie mögen da, mein Freund, in Ihrem Erklärerwillen vielleicht ein wenig zu weit gegangen sein«, erwiderte Goethe mit einem Lächeln und ging in sein Arbeitszimmer hinüber.

(nach J. P. Eckermann)

FRANZ BLEI

Neue Gespräche Goethes mit Eckermann

Als ich heute morgen zu ihm ging, fand ich vor seinem Hause auf der Gasse zwei Burschen damit beschäftigt, wahre Berge von Gedrucktem in eine große Handkarre zu verladen. »Ich muß das Zeug fortschaffen lassen«, empfing er mich an der Tür schon, »es drückt mir sonst die Speicherbalken durch und drängt mich noch wahrhaftig aus meinem eignen Hause. Das ist heute schon die fünfte Fuhre und erst eine geringe Bresche in all den Wust gelegt, was man mir die Zeit her an solchem Bruchzeug ins Haus geschickt hat. Der Papiermüller mag's wieder rückwandeln in das, was es war, in anständige Lumpen. Die Lumpen, die zwischendurch nützliche Arbeit damit verunnützten, daß sie auf schönes Papier ihr dummes Zeug zum Druck gaben, schickte ich am liebsten denselben Weg zu Brei und Maische.« Als ich lachen mußte, fiel sein Gesicht in einen ernsten Ausdruck.

»Das ist nicht zum Lächern, mein Lieber, denn wenn's auch nicht gerade unter sonst vortrefflichen Umständen ein besonderes und ausnahmsweises Übel ist, diese Schreiberei und Belliteraturmacherei fast eines jeden dritten Deutschen, sondern vielmehr ins schlimme Ganze dieser Zeit geht, so muß es uns doch sehr verdrießen, die wir vom Fache sind, ein hohes Geistiges, wie es die Mitteilung von Geschautem, Erlebtem und Imaginiertem ist, so vor die Hunde kommen zu sehen und ein Gespött zu werden bei allen rechtschaffenen Männern im Lande, denen das Wort Gedicht nächstens schon so viel wie Unfug bedeuten wird. Gern mag man ja den Jünglingen die Freude lassen, die sie in ihrem imaginierten Unglück tröstet: – daß sie der Gefühle Überschwang in sozusagen Versen Entladung schaffen. Aber da grinst die

Menge, die solche Pubertät bis ins Alter hat, wo einer sonst über sich und seine Grenzen besonnen wird, und das läßt Buch auf Buch drucken zu immer neuem Zeugnis seines Unvermögens nicht nur, sondern auch seiner baren Schamlosigkeit. Aber Laster zu haben ist ja heute, wie sie zu kultivieren, ein Vorzug und eine Auszeichnung, wo weder im Einzelnen noch im Gesamten Kraft zur Tugend ist. Wir haben es immer als die schwerste Aufgabe gedacht, mit dem Leben als ein Dichter fertigzuwerden, – heute scheint es die wegen ihrer Leichtigkeit verlockendste zu sein. Aber die Herren sind ja auch danach. Es ist wie mit dem Hausrat, der in diesen Warenhäusern ausgeboten wird: daß er nur nach was aussehe, ist die ganze darauf verwandte Mühe. Unsolide und unerarbeitet ist diese ganze heutige Literatur, sogar in dem Kümmerlichen, das sie sich vornimmt ... Jawohl, in dem Kümmerlichen. Doch wäre es unbillig, von den armen Literaturjungen mehr zu verlangen als von ihren Zeitgenossen in andern geistigen und moralischen Betätigungen.«

AUGUST WILHELM SCHLEGEL

Lob den Frauen

Ehret die Frauen! Sie stricken die Strümpfe,
Wollig und warm, zu durchwaten die Sümpfe,
Flicken zerrißene Pantalons aus;
Kochen dem Manne die kräftigen Suppen,
Putzen den Kindern die niedlichen Puppen,
Halten mit mäßigem Wochengeld Haus.
    Doch der Mann, der tölpelhafte
    Find't am Zarten nicht Geschmack.
    Zum gegohrnen Gerstensafte
    Raucht er immerfort Taback;
    Brummt, wie Bären an der Kette,
    Knufft die Kinder spat und fruh;
    Und dem Weibchen, nachts im Bette,
    Kehrt er gleich den Rücken zu. u. s. w.

(nach Friedrich Schiller)

FRED ENDRIKAT

Schadenfreude

Frei nach Schiller

Gefährlich ist's, den Leu zu wecken,
verderblich ist des Tigers Zahn,
jedoch der schrecklichste der Schrecken
ist nicht der Mensch in seinem Wahn –
sondern:
Einer Nackttänzerin vor dem Auftreten
den Zwickel zu verstecken.

VOLKSMUND

Der Taucher

König Zecher
wirft Becher
ins Meer.
»Knappe her!«
Knappe munter
taucht unter.

Kommt an Land,
Becher in Hand.
König sagt:
»Wer nochmal wagt
sich hinein,
darf Tochter frein.«

Knappe Liebessinn
nochmal rin.
Er verschwunden,
nicht wiedergefunden.
Schiller Gedicht geschrieben.
Tochter alte Jungfer geblieben.

(nach Friedrich Schiller)

HEINZ ERHARDT

Der Tauchenichts

(Frei nach Schillers »Taucher«)

»Wer wagt es, Knappersmann oder Ritt,
zu schlunden in diesen Tauch?
Einen güldenen Becher habe ich mit,
den werf ich jetzt in des Meeres Bauch!
Wer ihn mir bringt, ihr Mannen und Knaben,
der soll meine Tochter zum Weibe haben!«
  Der Becher flog.
  Der Strudel zog
  ihn hinab ins greuliche Tief.
  Die Männer schauten,
  weil sie sich grauten,
  weg. – Und abermals der König rief:
»Wer wagt es, Knippersmann oder Ratt,
zu schlauchen in diesen Tund?
Wer's wagt – das erklär ich an Eides Statt –
darf küssen meins Töchterleins Mund!
Darf heiraten sie. Darf mein Land verwalten!
Und auch den Becher darf er behalten!«

ROBERT WALSER

Tell in Prosa

Hohlweg bei Küßnacht

Tell (tritt zwischen den Büschen hervor): Durch diese hohle Gasse, glaube ich, muß er kommen. Wenn ich es recht überlege, führt kein andrer Weg nach Küßnacht. Hier muß es sein. Es ist vielleicht Wahnsinn, zu sagen: Hier muß es sein, aber die Tat, die ich vorhabe, bedarf des Wahnsinns. Diese Armbrust ist bis jetzt nur auf Tiere gerichtet gewesen, ich habe friedlich gelebt, ich habe gearbeitet, und wenn ich müde von der Anstrengung des Tages gewesen bin, habe ich mich schlafen gelegt. Wer hat ihm befohlen, mich zu stören, auf wessen Veranlassung hin hat er mich drücken müssen? Seine böse Stellung im Land hat es ihm eingegeben. (*Er setzt sich auf einen Stein.*) Tell läßt sich beleidigen, aber nicht am Hals würgen. Er ist Herr, er darf meiner spotten, aber er hat mich an Leib, Liebe und Gut angegriffen, er hat es zu weit getrieben. Heraus aus dem Köcher! (*Er nimmt einen Pfeil heraus.*) Der Entschluß ist gefaßt, das Schrecklichste ist getan, er ist schon erschossen durch den Gedanken. Wie aber? Warum lege ich mich in den Hinterhalt? Wäre es nicht besser, vor ihn hinzutreten und ihn vor den Augen seiner Knechte vom Pferd herunterzuschlagen? Nein, ich will ihn als das ahnungslose Wild betrachten, mich als den Jäger, das ist sicherer. (*Er spannt den Bogen.*) Mit der friedlichen Welt ist es nun vorbei, ich habe auf das Haupt meines Kindes zielen müssen, so ziele ich jetzt auf die Brust des Wüterichs. Es ist mir, als hätte ich es bereits getan und könnte nach Hause ziehen; was im Geist schon geschehen ist, tun die Hände hinterher nur noch mechanisch, ich kann den Entschluß verzögern, aber nicht brechen, das müßte Gott tun. Was höre ich.

(*Er horcht.*) Kommt er schon? Hat er es eilig? Ist er so ahnungslos? Das ist das Eigentümliche an diesen Herren, daß sie ruhigen Herzens Jammervolles begehen können. (*Er zittert.*) Wenn ich jetzt den Schuß verfehle, so muß ich hinabspringen und das verfehlte Ziel zerreißen. Tell, nimm dich zusammen, die kleinste Ungeschicklichkeit macht dich zum wilden Tier. (*Hornruf hinter der Szene.*) Wie frech er durch die Länder, die er erniedrigt, blasen läßt. Er meint, herrisch zu sein, aber er ist nur ohne Ahnung. Er ist so sorglos wie ein tanzendes Kind. Hundertfacher Räuber und Mörder. Er tötet, wenn er tänzelt. Ein Ungeheuer muß in der Ahnungslosigkeit sterben. (*Er macht sich zum Schuß bereit.*) Jetzt bin ich ruhig. Ich würde beten, wenn ich weniger ruhig wäre. Ruhige wie ich erledigen Pflichten. (*Der Landvogt mit Gefolge auf Pferden. Prachtvoller Auftritt. Tell schießt.*) Du kennst den Schützen. Frei ist das Land von dir. (*Ab.*)

(nach Friedrich Schiller)

HEINZ ERHARDT

Die Entstehung der Glocke von Schiller
oder
Warum Schillers Glocke keinen Klöppel hat

Am 31. Februar 17... saßen Schiller, Goethe und Eckermann beim Skat. Im Kamin knisterte ein Buchenscheit, und eine müde Tranfunzel verbreitete teils Geruch, teils Licht. Aber Geheimrat Goethe haderte nicht, sondern liebte den trüben Schein des Trans[1].

Die drei Herren saß also beim Skat und auf weichen Plüschsesseln – nach dem Motto: Noblesse o'Plüsch. Goethe hatte gerade Schellen[2] gereizt, als Schillers Augen plötzlich heller strahlten als die der Funzel und er anhub, also zu sprechen: »Verzeihen Sie, Herr Geheimrat, bei Ihrem Gebot ›Schellen‹ fiel mir eben etwas Wichtiges ein: könnten Sie mir mal flugs Ihren Gänsekiel leihen?« Goethe, der gerade gereizt hatte, war nun selber gereizt: »Aber, lieber Schiller, wozu brauchen Sie denn gerade *jetzt* meinen Gänsekiel?« Schiller: »Weil mir beim Wort ›Schellen‹ der Gedanke kam, ich könne mal ein Gedicht über die ›Glocke‹ schreiben. Und um dieses kleine Gedicht zu Papier bringen zu können, brauche ich Ihren Gänsekiel. Weil ich meinen nämlich nicht bei mir habe!« Goethe, indem er die Karten auf den Tisch und seine Stirn in Falten legte, sagte: »Das mit der Glocke ist eine gute Idee! Wir Klassiker können unsere Werke nicht oft genug an die große Glocke hängen! Habe ich nicht recht, Eckermann?« Eckermann, der für Goethe so etwas Ähnliches war wie Dr. Watson für Sherlock Holmes, antwortete:

1 Erst kurz vor seinem Ableben verlangte es ihn nach »mehr Licht«.

2 *Deutsche* Klassiker bedienten sich selbstverständlich *deutscher* Spielkarten!

»Jawohl, Herr Geheimrat!« – »Nun denn«, fuhr Goethe fort, »hier haben Sie meinen Gänsekiel! Wir paar Dichter müssen zusammenhalten! Und während Sie sich, Friedrich Schiller, von der Muse küssen lassen, werden ich und Eckermann Sechsundsechzig spielen!«

Nachdem die beiden ungefähr 2 Stunden lang dem 66 gefrönt hatten und Goethe alle Spiele gewann, weil Eckermann bei ihm weder 20 noch 40 noch sonstwas zu melden hatte, sprach plötzlich Goethe, indem er erst den Blick und dann sich selbst erhob: »Halt, Herr Schiller! Nun muß ich aber schleunigst meinen Gänsekiel zurückhaben; denn soeben fiel mir ein, daß ich im 2. Teil meines ›Faust‹ einige Sätze stehen habe, die ich sofort ändern muß, weil sie der *Unverständlichkeit* entbehren! Bei einem Dichter meines Formats wirken nur *unverständliche* Sätze verständlicherweise selbstverständlich! Notieren Sie diesen Ausspruch, Eckermann!« – »Jawohl, Herr Geheimrat!« – »Außerdem«, setzte Goethe den Vortrag fort und sich wieder hin, »außerdem wird Ihre Glocke zu lang, wenn Sie nicht augenblicklich mit dem Dichten nachlassen! Denken Sie doch an all die lieben Schulkinderchen, die Ihre Glocke dermaleinst vielleicht werden auswendig lernen müssen!« ——

So verdanken wir eigentlich *Goethe* die Entstehung dieses Schillerschen Werkes – aber auch den erfreulichen Umstand, daß dieses Gedicht nicht *noch* länger wurde – aber auch die betrübliche Tatsache, daß Schiller keine Zeit mehr hatte, das Werden und die Nutzanwendung des für eine Glocke doch so notwendigen *Klöppels* zu schildern!

Vielleicht wußte er damals schon, daß seine Glocke gar keine Gelegenheit haben würde, jemals mit eherner Zunge zu reden —— denn wie sagt der Dichter: *Friede* sei ihr erst Geläute...

EDWIN BORMANN

Schiller-Quintessenz

Allen zitatenbedürftigen Gemütern gewidmet

Fern von Madrid, auf seines Daches Zinnen,
In seiner Kaiserpracht saß König Franz.
Wie wird mir? brüllt er mit vergnügten Sinnen;
Was ist das Leben ohne Liebesglanz?
Der Helm ist mein! Das ist das Los des Schönen
In seines Nichts durchbohrendem Gefühl;
Und will der Lorbeer hier sich nicht gewöhnen –
Platz! Platz! O unglücksel'ges Flötenspiel!

Leicht beieinander wohnen die Gedanken.
Du hast's erreicht, Oktavio! spricht Zeus.
So fordr' ich mein Jahrhundert in die Schranken,
Denn nur die Liebe ist der Liebe Preis.
Des Lebens Mai blüht einmal und nicht wieder,
O Königin, das Leben ist doch schön!
Das aber denkt ganz wie ein Seifensieder:
Max, bleibe bei mir! bleib, der Mohr kann gehn!

Blendwerk der Hölle, du bist blaß, Luise!
Was ist der langen Rede kurzer Sinn?
Ein Augenblick gelebt im Paradiese,
Das ist die Stelle, wo ich sterblich bin.
Und sieh, er zählt die Häupter seiner Lieben,
Das Spiel des Lebens sieht sich heiter an:
Kurz ist der Schmerz, das Phlegma ist geblieben,
Die Axt im Haus erspart den Zimmermann.

Es wächst der Mensch mit seinen größern Zwecken,
Eng ist die Welt, und das Gehirn ist weit;
Spät kommt ihr, doch ihr kommt,
den Leu zu wecken,
Ernst ist der Anblick der Notwendigkeit.
Der Lebende hat Recht, den Leib zu malen;
Wer wagt es, was die innre Stimme spricht?
Nacht muß es sein, wo Friedlands Sterne strahlen!
Unsinn, du siegst, und Minna kennt mich nicht!

(nach Friedrich Schiller)

PETER ORTHOFER

Die Wirtin an der Lahn

Aladar, ein Mann von Adel,
Hörte einstens große Tön':
Daß Frau Wirtin ohne Tadel
Von der Stirne bis zum Wadel,
Ging er schnell, sie nah zu seh'n!

Mit dem Dolche im Gewande
Eilte er zur wilden Lahn,
Schiffte über bis zum Strande
Und betrat die fremden Lande,
Um dem Wirtshaus sich zu nah'n!

Bei der Wirtin, der umbuhlten,
War das Zimmer immer voll.
Die, die sich im Schmutze suhlten,
Bös' Verlangen bei ihr schulten,
Trieben es im Haus wie toll!

Wie ein Blitzstrahl traf die Kunde,
Daß Herr Aladar zu Gast,
Und behend von Mund zu Munde
Machte das Gerücht die Runde,
daß er suche süße Rast!

Jene Wirtin tat das Beste,
Was darob zu machen war:
Sie vertrieb die letzten Reste
Ihrer angestammten Gäste
Und bot sich dem Fremden dar!

Doch es wandte sich der Ritter,
Stand sie auch vor ihm im Hemd,
Und er grollte wie Gewitter:
»Weg mit Putz und Tand und Flitter,
Geilheit sei dem Menschen fremd!

Denn der Tugend stolze Säule,
Heut' noch schimmernd voller Pracht,
Wird durch der Verderbnis Fäule
Zu des Lasters grober Keule,
Und kann stürzen über Nacht!«

Brausend von des Domes Zinnen,
Hehres Leuchten in der Brust,
Sprach er: »Mag die Welt zerrinnen,
Eh' die Menschen sich besinnen,
Ich teil' nimmer eure Lust!«

Doch als ihre Tränen netzen
Seines Fußes große Zeh',
Drängt's ihn, sich zu ihr zu setzen,
Um das Weib nicht zu verletzen,
Und so lindert' er ihr Weh'!

Nacht und Lager mußt' er teilen!
Frühstückseigeblendet noch
Wollt' er dann von dannen eilen,
Ohne nochmals kurzzuweilen –
Aber schließlich tat er's doch!

(nach Meister Wilhelm,
d. i. Johann Wolfgang Goethe
und Friedrich Schiller)

GEORG KREISLER

Das klassische Gedicht

Szene für einen Schauspieler und einen Lautsprecher

SPIELER Meine Damen und Herren, an dieser Stelle unserer Fernsehsendung wollte ich Ihnen ein kabarettistisches Lied bringen, das gerade jetzt brennend aktuell ist, aber unser Abteilungsleiter hat den Text gelesen, hat sehr gelacht, hat gesagt, ha, ha, dieses Lied ist wirklich wahnsinnig komisch und wahnsinnig aktuell, ha, ha, das können wir leider nicht bringen. Jetzt habe ich also noch drei Minuten Zeit und werde etwas tun, was ich schon lange im Fernsehen tun wollte. Ich werde Ihnen ein klassisches Gedicht vortragen. Ich möchte zeigen, daß ich auch ein ernstzunehmender Schauspieler sein könnte, wenn man mich nur ließe. Meine Damen und Herren: Der Erlkönig.

(deklamiert) Wer reitet so spät durch Nacht und Wind?
Es ist der Vater mit seinem Kind.

(Aus einem Lautsprecher ertönt eine Stimme, gleichgültig ob männlich oder weiblich)

STIMME Entschuldigen Sie – Verzeihung, wenn ich unterbreche!

SPIELER Ja? Wer spricht mit mir? Wo sind Sie?

STIMME Sie können mich nicht sehen, nur hören. Ich sitze im Kontrollraum. Ich bin der Bevollmächtigte der Programmdirektion. Wir wollen natürlich keinerlei Zensur auf Sie ausüben – nur eine Frage: Wenn ich Sie richtig verstanden habe, so wollen Sie jetzt vom vorbereiteten Manuskript abweichen und ein Gedicht bringen, das unserer Rechtsabteilung nicht vorgelegt worden ist.

SPIELER Das stimmt, aber die Rechtsabteilung hat da sicher nichts dagegen. Es ist ein klassisches Gedicht.

STIMME Wie gesagt – keinerlei Zensur – es ist nur meine Pflicht, Sie in diesem Fall darauf aufmerksam zu machen, daß Sie von Millionen Menschen gesehen und gehört werden, darunter vielen Jugendlichen.

SPIELER Über die Jugendlichen brauchen Sie sich schon gar keine Sorge zu machen. Dieses Gedicht lernt man in der Schule.

STIMME Wie Sie meinen! Entschuldigen Sie die Unterbrechung!

SPIELER Bitte. – Ich fange noch einmal an. –
Wer reitet so spät durch Nacht und Wind?
Es ist der Vater mit seinem Kind.

STIMME Entschuldigen Sie, bitte, nur eine Frage: Welcher Vater und welches Kind?

SPIELER Was heißt welcher Vater und welches Kind? Irgendein Vater und irgendein Kind.

STIMME Irgendein Kind? Also nicht sein eigenes Kind?

SPIELER Natürlich sein eigenes Kind.

STIMME So natürlich ist das heutzutage längst nicht mehr. Wie viele Kinder hat der Mann denn gehabt?

SPIELER Das weiß ich nicht. Das ist in diesem Fall aber auch ganz egal.

STIMME Ja, das sagen Sie! Und wir kriegen dann wieder die Anrufe und die Briefe, warum der Vater geritten ist, warum er sich nicht ein Taxi genommen hat, warum das Kind so spät in der Nacht überhaupt noch wach war –

SPIELER Hören Sie auf! Ich – ich mache Ihnen einen Vorschlag: Ich trage einfach ein anderes klassisches Gedicht vor, in dem solche Probleme gar nicht erst zur Sprache kommen.

STIMME Das ist sehr freundlich von Ihnen. Wir wollen natürlich keine Zensur auf Sie ausüben.

SPIELER Schon gut – ich spreche ein anderes Gedicht.

Festgemauert in der Erden
steht die Form aus Lehm gebrannt.
Heute muß die Glocke werden –

STIMME Einen Moment! Ich glaube, damit bringen Sie sich selbst in die allergrößten Schwierigkeiten.

SPIELER Ich? Wieso? Mit wem?

STIMME Mit der Gewerkschaft natürlich. Sie sagen: »Heute muß die Glocke werden!« Das läßt sich doch keine Gewerkschaft gefallen. Könnten Sie das nicht vielleicht ändern?

SPIELER Ändern?

STIMME Nun ja, Sie könnten zum Beispiel sagen: »Nächste Woche könnte eventuell die Glocke fertig werden.«

SPIELER Ausgeschlossen! Das wäre unmöglich. Ach – wissen Sie was – mir fällt da ein anderes Gedicht ein, bei dem solche Schwierigkeiten vermieden werden können. Ich bin bereit, ein anderes Gedicht aufzusagen.

STIMME Das überlasse ich natürlich Ihnen. Wir wollen keinerlei Zensur auf Sie ausüben.

SPIELER Ich weiß.

Ich trage ein sehr berühmtes und natürlich ganz harmloses Gedicht vor.

Es war ein Kind, das wollte nie
zur Kirche sich bequemen –

STIMME Derlei Polemik sollten Sie lieber der Sendung »Wort zum Sonntag« überlassen.

SPIELER Hören Sie, das ist doch der bare Unsinn. Das ist ein klassisches Gedicht von Goethe.

STIMME Das weiß ich ja. Und wenn Sie das Gedicht rechtzeitig eingereicht hätten, wie es Ihre Pflicht war, dann hätte sich unsere Rechtsabteilung die Sache angesehen und es gäbe jetzt keine Verzögerung.

SPIELER Gut, gut – ich denke da gerade an ein Gedicht – ha, ha – da werden sogar Sie nichts auszusetzen finden. Es ist ein klassisches, auf der ganzen Welt bekanntes Gedicht.

STIMME Na also, das freut mich. Wir wollen nämlich keinerlei Zensur auf Sie ausüben.

SPIELER Das ist mir klar. – Meine Damen und Herren, zum Abschluß ein berühmtes klassisches Gedicht von Heine.
Ich weiß nicht, was soll es bedeuten –

STIMME Wenn Sie schon nicht wissen, was es bedeuten soll, was soll dann unsere Rechtsabteilung denken?

SPIELER Hören Sie – wenn Sie meinen, Sie können mich hier demoralisieren –

STIMME Aber nein!

SPIELER Ich bin ein mutiger Kabarettist. Ich werde hier stundenlang Gedichte vortragen, bis Sie eines genehmigen.

STIMME Warum regen Sie sich denn auf? Wir wollen doch keinerlei Zensur auf Sie ausüben. Wir sitzen doch alle im gleichen Boot.

SPIELER Vielleicht – aber das Boot wackelt. Egal – ich trage noch ein klassisches Gedicht vor:
Zu Dionys, dem Tyrannen, schlich
Damon, den Dolch im Gewande –

STIMME Wir wollen keinerlei Zensur ausüben, aber Terroristenlyrik geht zu weit.

SPIELER Terroristenlyrik? Dieses Gedicht ist von Schiller!

STIMME (nach einer kleinen Pause) Vom Ministerialrat Schiller?

SPIELER Aber nein, von Friedrich Schiller, dem Dichterfürsten.

STIMME Das habe ich mir ja gleich gedacht. Lieber Herr, Sie sind doch kein Neuling bei uns. Von Tyrannen und Dolchen und Sachen im Gewande können wir hier nicht reden. Es sitzen ja schließlich Kinder vor der Mattscheibe. Ich verstehe auch überhaupt nicht, warum Sie immer ein neues Gedicht anfangen. Es wäre doch viel einfacher, die alten so zu ändern, daß niemand an ihnen etwas auszusetzen hat. Das machen wir schon seit Jahren so.

SPIELER (müde) Gut – ich werde es versuchen:
Zu Dionys, dem – Lebensmittelhändler – schlich
Damon – eine Tafel Schokolade im Gewande.
Ihn schlugen die Häscher in Bande.

STIMME Warum?

SPIELER Da haben Sie recht. Eine Tafel Schokolade ist kein Anreiz für einen Häscher. Ich werde es ändern:
Er kam mit den Häschern zu Rande.
Dann holte er sich einen Bürgen,
einen netten Mann, namens Jürgen.
Sie spielten zusamm' in der Kneipe Skat,
eine Stunde lang, bis Dionys bat:
Ich sei, gewährt mir die Bitte,
bei eurem Skatspiel der Dritte.

STIMME Na also, bravo! Warum haben Sie das nicht gleich gesagt?

III

Von der Romantik zum Fin de siècle

PETER RÜHMKORF

Variation auf »Gesang des Deutschen« von Friedrich Hölderlin

Wie der Phönix aus den Scherben, oh Vaterland,
Edelstahl platzt in den Nähten, Fette erholt,
Farben bei lebhaftem Angebot Aufgalopp, Kursgewinn,
Hanomag, hundertprozentige Rheinstahltochter...

also erhobest du dich, verlorengegebener
gräulich geviertelter Aar, doch bald auf der Höhe schon
deines alten Gewichts, und, ei, den Tauben gleich
an Kropf und Krallen!

Du Land, chromblinzelnd, wo man die Meinung verzieht
bei stillem Anteil, bin ich der deine schon?
Sieh, auch ich bin fix in der Lüge,
freundlich blinket mein Damaszenergebiß.

Wenn ich mich auf meine Feinde besinne,
morgens, wenn mir der rote Kamm unterm Hut schwillt...
leicht von den Knöcheln gebrochen, wächst ihr schon
neuer Vorrat, der morchelhäuptigen Hyder.

Wer wollte da? an welchem Fels? wozu?
mit was? dem Adler trotzen, dem längst überfütterten?
der von des Himmels Kaltschale nippt,
dein nicht zu achten und Helden-Unschlitt.

Oh Freund, vor kein Schafott bestellt, in Frieden,
wer bläst sich da auf und wie ohne Zweifel?!

Zück deine Hauer, alteingesessen, da bleibet ein
abgestochener Brei auf der Walstatt.

Kennst du Minervens Kinder? Was kümmert sie
des wüsten Donnerers, des sie nicht achten, Gebell?
Schickt, schickt ihn nur ins Glück, da wird
keiner über die eigenen Zähne straucheln.

Das geht in Größe glatt, das ist wie über Nacht
ins Licht gefordert und vor die Sterne geschleift,
jeder zu allem aufgerufen, man teilet
die vom Schmer des Säkels und heißt dich verdauen.

Nimm nun dein Pfund auf dich und wuchere,
ehe der schlechtere Mann das Licht absahnt –
unter die Gauner erhoben, sollst du
deinen Hintern zum Fluge lüften.

Gegrüßt in deinem Glanze, mein Vaterland!
Mit neuen Namen lockst du, mit Blust und Bluff,
wenn das entbundene Fett als Flamme
mächtig über die eigenen Ufer lodert.

Noch schwillst du an von unterdrücktem Krieg,
sinnest ein neu Gebild, das von dir zeuge,
das, einzig wie du selbst, das aus
Stroh geschaffen, goldene Körner treibt.

Wo sind nun Dichter, die ein neu Gemythe
auftuen diesem blauen Schlaraffenblick?
Tausendgut – Güldenfett – Rosenschleck –
Eselein deck dich, Deutschland, käufliche Mutter.

Also: aus voller Brust geklampft, aus vollem Magen
das Lied, aus überfließendem Munde gespendet:
Schmierig währt am längsten, wer wollte da
mürrisch gegen die Seligen vorgehn?!

Die in der Sonnenlache, die im Gewinnbereich
ihren Jubel aus eigener Tasche bestreiten;
und – die Hand an der Börse – schwört es
sein gestrichen Maß Glück und Persönlichkeit.

Gebt also, gebt ihn endlich, gebt den Himmel frei,
und scheltet nicht, nein, besser preiset ihn, den
wohlgelenken,
den Mann, der nach Sintflut und -feuer
wieder den Wanst in die Waage hievte.

Der was die ALTEN sungen, der Dichter spann,
wirklich erfährt, das prästabilierte Behagen:
Nun: Blüten angelandet! nun: Sternenstreusel! und
mit dem Sänger geteilt auf Kippe und Schweigen.

Auf Kippe und Gedeih, daß nie und keiner
die Kreise jemals störe, Wanderer, kommst du nach
Deutschland, sage du habest uns hier
unterliegen sehen, wie es der Vorteil empfahl.

ANDREAS THALMAYR

Wer zu fassen wußte es je …

Wer zu fassen wußte es je, das Leben,
Wer hat nicht verloren davon im Fieber,
Mit Thoren im Gespräch, im Traum,
Im Zeitverprassen leer, in Liebesqual die Hälfte?

Ja sogar muß der, der gelassen geboren,
Mit dem Bewußtsein, was er soll, und ruhig
Einen Lebensgang sich erkoren frühzeitig,
Erblassen vor dem Widerspruch des Lebens.

Denn daß ihm lache das Glück, hofft doch jeder,
Allein ertragen, wenn's wirklich kommt, das Glück,
Wäre Gottes, ist Sache keines Menschen.

Nie auch kommt es, blos wagen und wünschen wir:
Nimmermehr vom Dache fällt es dem Schläfer,
Und erjagen wird auch der Läufer es nicht.

(nach August von Platen)

HEINZ ERHARDT

Das Unwetter

Frei nach Ludwig Uhland,
dem Erfinder der gleichnamigen Straße

Urahne, Großmutter, Mutter und Kind
in dumpfer Stube versammelt sind. –

’s ist Mittwoch. Da hört man von ferne
ein leises Grollen. Mond und Sterne
verhüllen sich mit schwarzen, feuchten
Wolkenschleiern, Blitze leuchten.
Und es sind versammelt in dumpfer Stube
Urahne, Großmutter, Mutter und Bube. –

Das Gewitter kommt näher mit Donnerschlag –
und noch fünf Minuten bis Donnerstag!

Es heult der Sturm, es schwankt die Mauer,
der Regen prasselt, die Milch wird sauer –,
und in dumpfer Stube – man weiß das schon –
sind Urahne, Großmutter, Mutter und Sohn.

Ein furchtbarer Krach! Ein Blitz schlägt ein!
Der Urahne hört was und sagt: »Herein!« –
Die dumpfe Stube entflammt und verglimmt
mit Urhammel, Großbutter, Butter und Zimt …

ANDREAS THALMAYR

Der Tod

Ich heule in dieser Finsternis, ich seufze
im undurchdringlichen Dunkel, in diesem Verlies,
wo der Tod seine eisige Herrschaft antritt;
was ich höre, erfüllt mich mit Grauen:
Es ist ein Geräusch, als schlügen Gebeine
aneinander, ein Scharren ist es, ein Knirschen,
ein Rasseln, wenn er aufsteht, der Beinerne,
wenn er sich in Bewegung setzt, wenn er kommt
und ächzend sein Werkzeug, das gewaltige, hebt,
den eisernen Hammer, wenn er ausholt,
wenn er mit seinem unerbittlichen Schlag
die letzte Stunde verkündet, so,
daß die Wände widerhallen, der Boden bebt,
als hätte sie eine titanische Hand zermalmt,
die Kammer der Finsternis.

(nach Matthias Claudius)

HANNS VON GUMPPENBERG

Abendlied

Mein Schifflein ruht im Hafen
Zu schauernder Abendstund',
Ein Posthorn tönt verschlafen
Aus kühlem Buchengrund;
Es rauschen so prächtig die Wälder,
da wird mir die Seele so weit –
Die Muttergottes kommt über die Felder
Im glitzernden Sternenkleid.

(nach Joseph Freiherr von Eichendorff)

PETER RÜHMKORF

Auf eine Weise des Joseph Freiherrn von Eichendorff

In meinem Knochenkopfe
da geht ein Kollergang,
der mahlet meine Gedanken
ganz außer Zusammenhang.

Mein Kopf ist voller Romantik,
meine Liebste nicht treu –
Ich treib in den Himmelsatlantik
und lasse Stirnenspreu.

Ach, wär ich der stolze Effendi,
der Gei- und Tiger hetzt,
wenn der Mond, in statu nascendi,
seine Klinge am Himmel wetzt! –

Ein Jahoo, möcht ich lallen
lieber als intro-vertiert
mit meinen Sütterlin-Krallen
im Kopf herumgerührt.

Ich möcht am liebsten sterben
im Schimmelmonat August –
Was klirren so muntere Scherben
in meiner Bessemer-Brust?!

PIKARO

Modernes Waldlied

Wer hat dich, du schöner Wald,
Abgeholzt so hoch dadroben?
Stämme liegen rings und Kloben,
Säge knirscht und Axthieb hallt.
Ach herrjeh, ach herrjeh,
Lebewohl, du schöner Wald!

Tief die Welt verworren schallt,
Motorrad und Autos rasen,
Oben Rehe nicht mehr grasen;
Alle sind längst abgeknallt.
Ach wie schad, ach wie schade,
Lebewohl, du schöner Wald.

Wer hat dich, du schöner Wald,
Drahtumzäunt so hoch dadroben?
Warnungstafeln sind erhoben:
Drei Mark Strafe! Achtung! Halt!
Na dann nicht, na dann nicht,
Lebewohl, du schöner Wald!

(nach Joseph Freiherr von Eichendorff)

LENE VOIGT

De säk'sche Lorelei

Ich weeß nich, mir isses so gomisch
Un ärchend was macht mich verschtimmt.
S'is meechlich, das is anadomisch,
Wie das ähmd bei Mänschen oft gimmt.
De Älwe, die bläddschert so friedlich,
Ä Fischgahn gommt aus dr Tschechei.
Drin sitzt 'ne Familche gemiedlich,
Nu sinse schon an dr Bastei.

Un ohm uffn Bärche, nu gugge,
Da gämmt sich ä Freilein ihrn Zobb.
Se schtriecheltn glatt hibbsch mit Schbugge,
Dann schtäcktsen als Gauz uffn Gobb.
Dr Vader da unten im Gahne
Glotzt nuff bei das Weib gans entzickt.
De Mudder meent draurich: »Ich ahne,
Die macht unsern Babbah verrickt.«

Nu fängt die da ohm uffn Fälsen
Zu sing ooch noch an ä Gubbleh.
Dr Vader im Gahn dud sich wälsen
Vor Lachen un jodelt: »Juchheh!«

»Bis schtille«, schreit ängstlich Ottilche.
Schon gibbelt ganz forchtbar dr Gahn,
Un blätzlich versinkt de Familche…
Nee, Freilein, was hamse gedahn!

(nach Heinrich Heine)

KARL VALENTIN

Lorelei

Vortragender sitzt auf einer Leiter oder einem Stuhl, der mit einem Tuch zugedeckt ist.
Melodie: »Ich weiß nicht was soll es bedeuten.«

Grüß Gott und ich hab die Ehre,
das heißt, ich bin halt so frei,
Sie werden mich alle wohl kennen,
man heißt mich kurz die Lorelei,
was wurde über mich schon gesungen,
ich muß es ganz offen gestehn,
und niemand hat mich noch gesehn
und ich bin doch so fabelhaft schön.

Viel tausend Jahr hock ich hier oben
bei Sonnenschein, Regen und Schnee
auf diesem steinigen Felsblock,
mir tut schon mei Rückgebäud weh,
ich singe und zupfe die Harfe,
ich wüßt ja net, was ich sonst tat,
ich weiß nicht was soll es bedeuten,
das Lied wird mir jetzt schon bald fad.

Ich hab keine menschliche Seele,
ich leb nur als Märchen dahin,
drum ist es auch ganz leicht erklärlich,
daß viel tausend Jahr alt ich bin.
Wär ich eine menschliche Jungfrau,
ich sage es offen heraus,

hielt ich es so viel tausend Jahre
alloa da heroben net aus.

Ein Schiffer, ein bildschöner Jüngling,
fährt oft mit dem Kahn hier vorbei,
er liebt nur ein einziges Wesen,
er liebt nur mich, die Lorelei.
Da kommt er schon wieder gefahren,
(*schaut nach dem Schiffer*)
was willst denn du närrischer Tropf,
wenn du dich net gleich aus dem Staub machst
na wirf i dir d'Harpfa am Kopf.

Nun hab'n d'Lorelei Sie gesehen,
vergessen Sie nie diese Pracht,
nun werde ich wieder verschwinden,
es dunkelt schon heimlich die Nacht,
's wird finster und immer finst'rer
und langsam geh ich zur Ruh,
und daß Sie jetzt wissen, daß gar is,
geht langsam der Vorhang zu.

NB. Als Kopfbedeckung ist eine goldene Perücke oder gelbe Wollperücke erforderlich, in der Hand eine Lyra.
Bei der 5. Strophe wird ein kleines Schifflein, in welchem eine Puppe (Schiffer) sitzt, mit einem schwarzen Faden über die Bühne gezogen.

(nach Heinrich Heine)

GÜNTER PUCHNER

Die Loreley

Ich gneiß nicht, was tarrt es bedeften,
daß ich so bittselig schäft;
ein Meischen aus toflischem Tempo,
das rauchelt mir lau aus dem Heft.

Die Bläse ist bibbrisch, 's wird rusplig,
der Große flokt kiemig und reck;
der Mauschel der Steinfalle förfert
im Killeklärchenbleck.

Der zuckernste Wonnenberg hauert
he oben nebbich traut;
ihre fuchsenen Schlanglinge blanken,
sie strillicht ihr fuchsenes Kraut.

Sie filzt es mit fuchsenem Rechen
und winselt ein Schierlach dabei;
das hegt eine gar fixfaxge,
murrige Höhnerei.

Den Grätlingskafer im Plemphans,
den krallt es mit wütendem Zwick:
er linzt auf die Plotzer den Mondschein,
er raunt auf die Steinfalle krick.

Ich macker, der Gansplempel wickelt
am Eck noch Knudel und Kahn;
und das hegt mit ihrem Schauern
die Loreley betan.

(nach Heinrich Heine)

HANNS VON GUMPPENBERG

Ballade

Das ist der alte, traurige Traum,
    Wir sitzen unter der Linde,
Dein kahles Köpfchen faßt es kaum,
    Daß ich so hold dich finde.

Und leise seufzt dein wurmiger Mund:
    Ich bin doch schon angemodert –
O sage mir, warum jetzund
    Dein krankes Herz noch lodert?

Es haben von meinen Wangen bereits
    Zwei hungrige Ratten gefressen:
Und du, du willst mich deinerseits
    Noch immer nicht vergessen?

O sag' mir, bleicher Heinerich,
    Ich bin doch im Grab gelegen,
Und doch noch immer liebst du mich –
    Ich frage dich: weswegen?

Und ich entgegne dir gequält:
    Mir fehlen zum Buch der Lieder
Noch sieben Nummern wohlgezählt –
    Drum lieb' ich dich schon wieder.

(nach Heinrich Heine)

HANNS VON GUMPPENBERG

Schlangenringelreime

Der Wind durchfährt die Gassen,
Die Wolken durchfährt der Blitz –
Ich sitze hier verlassen,
Verlassen hier ich sitz'.

Der Wind durchfährt die Gassen,
Der Blitz das Wolkenrevier –
Ich sitze hier verlassen,
Verlassen sitz' ich hier.

Och Wind, Blitz, Wolken, Gassen,
Ihr seid kein Trost für mich!
Ich sitze hier verlassen,
Hier sitz' – verlassen – ich.

(nach Heinrich Heine)

JOCHEN DUDERSTADT

Die Harzreise von 1990

Hört zu, ihr traurigen Studenten
Spagat- und Schmalspurprofessoren
Ihr Bürokraten, ihr verpennten
Jetz hau ich euch was um die Ohren!

Die Stadt Göttingen, berühmt durch ihre Würste und Universität, ferner durch ihre universitären Würstchen, hatte vor einigen Jahren endlich die Kühnheit, drei Gebäude zustandezubringen, welche die Kirchentürme überragen. In diesen drei Häusern werden etwa 30000 Studenten und ungefähr 100000 Eingeborene emsig verwaltet, außerdem noch ein knappes Tausend Hochschullehrer, die sich vor der Lehre drücken um der Forschung willen und vor der Forschung um der Nebeneinkünfte willen. Die Verwaltung funktioniert glänzend. Sie hat alle benachbarten Dörfer in »Stadt Göttingen« umgetauft, die Straßen so ausgeschildert, daß man ohne bußgeldbewehrte Machenschaften nicht mehr herausfindet, und die Leine, welche allgemein für den Leinekanal gehalten wird, aus der Stadt in einen Kanal verbannt, der allgemein für die Leine gehalten wird. Von den Anglern, die aus Verzweiflung in dieses Wasser gegangen sind, ist noch keiner gestorben, denn die Universität verfügt über eine weithin berühmte Hautklinik.

Die Stadt enthält außerdem eine Brauerei, deren Produkte ich auch am Morgen danach noch für genießbar halte, vorausgesetzt, ich habe um Mitternacht einen Riegel Kopfschmerztabletten eingeworfen, und einen Fußballverein, der sich seit Jahren um den Aufstieg von der Nettoliga in die 2. Bundesliga bemüht, was schon deshalb nicht klappen kann, weil der Schlachtruf seiner Anhänger, ein in Moll gestöhntes »Nuuuull-füüünf« der traurigste des deutschen Sprachraums ist.

Wer von den Göttingern einigermaßen fehlerfrei reden, lesen und schreiben kann, ohne im Stadtrat, in einem der ungezählten Universitätsgremien, in einem der ungezählten sonstigen Gremien, in einer Redaktion, einem Verlag, einer Chefetage, einer Frauengruppe oder einer Gefängniszelle zu sitzen, befriedigt sein Mitteilungsbedürfnis dadurch, daß er Häuserwände besprüht.

Aus den in schwarzer Farbe geschriebenen Losungen ergibt sich zwingend, daß Türken und Polen dabei sind, das gesamte Land mit allem lebenden und toten Inventar unter sich aufzuteilen. Schöne Aussichten.

Zusätzlich überzeugte mich die Lektüre der in roter Farbe gehaltenen Wandparolen an einem lauen Sommerabend endgültig davon, daß es in Nicaragua um die Wahrung der Menschenrechte besser bestellt ist als in der BRD, so daß ich am nächsten Morgen vor potentiellen Häschern und Folterknechten provisorisch in den Harz zu entfliehen gedachte, um dort in aller Ruhe zu überlegen, wie ich mir das Flugticket nach Managua würde zusammensparen können, wo das Risiko, Weib und Kind und Hab und Gut dereinst an Polen und Türken zu verlieren, sicherlich noch verhältnismäßig gering ist.

Allein, mein Käfer war zwangsabgemeldet, mein Fahrrad geklaut, der Bahnhof zu weit. Tramper gelten bekanntlich als Asylanten, und ich hasse es, mir von vollgefressenen Mittelständlern den Finger zeigen zu lassen. So entfiel auch diese Möglichkeit. Wandern kam erst recht nicht in Frage, weil ich mich mit meinen Knick-, Spreiz-, Senk-, Platt- und Schweißfüßen schon in der Innenstadt ständig verlaufe.

Verängstigt und völlig auf mich allein gestellt, begab ich mich an meine Schreibmaschine und schrieb nieder, wie sich meine Harzreise abgespielt hätte, wenn es mir vergönnt gewesen wäre, sie zu unternehmen.

(nach Heinrich Heine)

SERENUS M. BREZENGANG

Sonett

Ich habe **selbstverständlich** nie mein Elend mir vergoldet,
Stets seine Dolche **extra** schärfer noch gespitzt,
Und **ganz schön** blutig, blutig auf mein Herz geritzt;
Ich habe **sowieso noch** nie den Reim als Arzt besoldet.

O daß ihr endlich es mir **halbwegs** glauben wolltet,
Wie **schrecklich** tief der Tod mir in der Seele sitzt,
Wenn es in meinem Liede **derart** flammt und blitzt –
Ihr reichtet mir **auch noch** die Hand, statt daß ihr grolltet!

Ihr wisset ja: Gewitter machen **ausgesprochen** kalt;
So werd ich denn, **was das betrifft**, vor meinem
Winter alt –
Was griff ich **eigentlich** so frühe in die Saiten?

Allein – kein Menschenleben braucht's **im Zweifelsfall**
zum Glück!
Ich fühlte oft, es ist, **wenn überhaupt**, ein Augenblick,
In dem wir uns, **so nebenbei**, die Ewigkeit erstreiten!

(nach Georg Herwegh)

HANNS VON GUMPPENBERG

Augenraub

Hoch ruht die Bergeshalde,
Darunter ruht der Wind,
Die Zweige hangen herunter,
Darunter ruht ein Kind.

Sie sitzt im Thymiane,
Sie sitzt in lauter Duft,
Sie sitzt im Fliegenschwarme,
Und schaut nur in die Luft.

Die Lerchen lachen von ferne –
Wer hätt' es nur geglaubt?
Sie hat die grünen Augen
Der Waldesfee geraubt.

(nach Theodor Storm)

PETER ORTHOFER

Heurigenlied

Wer Wiens wonnigen Wein wählt,
Am Abend den Affen anheimstellt,
Und saufend sein Seelenheil sieht,
Lallt lustiger Laune das Lied:

Männer müssen Minne meinen
Malen Mädchen morgenschön
Mögen manche Maderln mollert
Manches Mieder mal mondän!

Wiggalla weia, wiggalla wiggalla
walla, walla walhalla
Dulli dulli jöh!

Wenn Wiens Wesen erst waltet,
Ein edles Erleben entfaltet,
Am Abend dann atmet man auf,
Läßt lodernder Liebe den Lauf!

Güche, Geller, gulinarisch
Gäste gommen gern gesehn
Gleine Gläser glirren göstlich
Golden glucksendes Getön!

Wiggalla weia, wiggalla wiggalla
walla, walla walhalla
Dulli dulli jöh!

(nach Richard Wagner)

RICHARD DEHMEL

Mein Trinklied

Noch eine Stunde, dann ist Nacht;
Trinkt, bis die Seele überläuft,
Wein her, trinkt!
Seht doch, wie rot die Sonne lacht,
Die dort in ihrem Blut ersäuft;
Glas hoch, singt!
Singt mir das Lied vom Tode und vom Leben,
Dagloni gleia glühlala!
Klingklang, seht: schon knicken die Reben,
Aber sie haben uns Trauben gegeben!
Hei! –

Noch eine Stunde, dann ist Nacht;
Im blassen Strome ruckt und blinzt
Ein Geglüh.
Der rote Mond ist aufgewacht,
Da guckt er übern Berg und grinst:
Sonne, hüh!
Singt mir das Lied vom Tode und vom Leben,
Mund auf, lacht! Das klingt zwar sündlich,
Klingklang, sündlich! aber eben:
Trinken und lachen *kann* man bloß mündlich!
Hüh! –

Noch eine Stunde, dann ist Nacht;
Wächst übern Strom ein Brückenjoch,
Hoch, o hoch.
Ein Reiter kommt, die Brücke kracht;
Saht ihr den schwarzen Reiter noch?

Dreimal hoch!!!
Singt mir das Lied vom Tode und vom Leben,
Dagloni, Scherben, klirrlala!
Klingklang: neues Glas! Trinkt! wir schweben
Über dem Leben, an dem wir kleben!
Hoch! –

(nach Richard Wagner)

HANNS VON GUMPPENBERG

Im Stübchen beim Liebchen

Sieh, im Gemächelchen
Alle die Sächelchen
Rings in den Fächelchen
Bis an das Dächelchen –
Ach, ach, ach, ächelchen!
Was für ein Ställchen
Hat mein Mamsellchen,
Gesellchen, Margellchen!
Alle die Zellchen
Und die Gestellchen,
All' die unzähl'gen
Kryställchen, Pastellchen,
Deckchen und Fellchen!
Welch' ein Pêle-Mêle'chen!

Was hat das Mädelchen
Alles für Fädelchen,
Nädelchen, Rädelchen,
Schädelpomädelchen!
All' die Paketchen
Und Kettchen und Blättchen
Und Amulettchen
Von meinem Nettchen!
In Lädchen, auf Brettchen
Corsettchen, Chemisettchen,
Und Bettchen, Spinettchen
Auf dem Parkettchen!
Und was für Kästchen,
Quästchen und Restchen

Von Tänzchen und Festchen
Schmücken das Nestchen!

Ach, und die Nischchen,
Tischchen und Wischchen,
Dazwischchen Goldfischchen!
Alle die Schnipfelchen,
Zipfelchen, Tüpfelchen,
Alle die Wickelchen,
Zwickelchen, Strickelchen!
Und Perpendikelchen
Ticken ihr Tickelchen
Dreien Karnickelchen,
Herzigen Dickelchen,
Und einem Zickelchen.

Aber das Krönchen
Ist doch dein Persönchen:
Aphroditè'chen
Vom Köpfchen zum Zehchen!
Ach, und die Löckelchen
Vor an den Bäckelchen,
Hinten am Näckelchen –
Neckische Geckelchen,
Niedliche Schneckelchen,
Winzige Döckelchen,
Hühnchen und Göckelchen,
Flimmernd wie Flöckelchen,
Klingend wie Glöckelchen,
Goldige Dingelchen,
Schleckige Züngelchen,
Schlängelnde Schlingelchen,
Ringelchen, Kringelchen!

(nach Friedrich Rückert)

ROBERT NEUMANN

Nachtrag zu ›Also sprach Zarathustra‹

5. Teil, 11. Abschnitt

Von den Messerwetzern

Eines Abends ging Zarathustra mit seinen Jüngern durch den Wald, und siehe, an dem Weiher, der zumitten des Waldes lag, saß ein Heiliger, der wetzte sein Brotmesser und schabte sich seinen Bart. Zarathustra grüßte ihn mit freundlicher Gebärde und fragte: Warum wetzest du dein Brotmesser und schabest dir den Bart damit, o mein Vater?

Der Heilige erhob sich und erwiderte: Wahrlich, nicht ziemt es Zarathustra, Selbstverständliches zu fragen. Weil mein Messer ob dem Brot stumpf geworden ist und weil ich kein anderes Messer besitze und weil mein Bart mich ärgert, darum wetze ich mein Brotmesser, mir den Bart damit zu schaben!

Da wandte sich Zarathustra und sprach diese Worte: Wahrlich, es wundert mich dieses Heiligen! Am Brot ist ihm sein Messer stumpf geworden, also wetzt er es ob seinem Barte.

Der Mensch ist ein Messer, das wird am Brote stumpf. Und wenn sein Bart ihn ärgert, hat er nicht dawider zu kratzen.

Also aber lehrt euch Zarathustra:

Nehmt eines andern Messers zur Atzung und eines andern wider den Bart! Denn jedes werde geschnitten mit seiner Klinge.

Die Hoch-Klinge lehre ich euch; sie werde in eurer Hand zur Über-Klinge! Was ist der Dämon dem Menschen? Eine Über-Klinge und eine helle Verheißung. Was aber der Dämon dem Menschen ist, ist Gott dem Dämon: Eine Über-Klinge und eine helle Verheißung.

Die Dämon-Über-Klinge lehre ich euch!

Denn ich liebe den, welcher um seinen Bart streitet, obgleich er kein Kaiser ist. Und nicht um jedes Kaisers Bart wird gestritten! Und ich sage euch: Man muß noch Bärte an sich haben, um die Klinge wider sie gebrauchen zu können! Darob weinete Zarathustra, wenn er darob nicht lachte.

Denn wohl bin ich das Dunkel schattiger Bäume, aber der sich nicht fürchtet, findet auch Erdbeeren, Datteln und Moschusochsen in meiner Dunkelheit.

Und wahrlich, der euch dies Lied singt, gehört nicht zu den Kost-Verächtern der Tiefe. Und wohl ist er der Herr der Herde, aber der eintritt, hört auch Kuhschellen klingeln in seinem Pferch.

Also sprach Zarathustra.

(nach Friedrich Nietzsche)

C. SCH.

Der Räthseldoppelmeuchelmordgeselle

In dem Urwaldrieseneichendunkelhaine
Saß ein Feuerflammengluthenliebespaar,
Träumte mutterseeleneinsamkeitsalleine,
Schwor sich Treue ewiginnigunrechtwahr.
Ihre beiden Weltensonnenbrandlohherzen
Hauchten Vesuvlavastromeshitzestrahl,
Und in Sehnsuchtswahnsinnsweltverachtungsschmerzen
Bebten sie hinsterbensmüdekäsefahl.

Da kam jäh ein Knochenstangestiftgerippe
Mit bebrillter Giebelgurkenerkernas.
Mit geschloss'ner Grausamkeitstyrannenlippe
Ging er an den Schauderschreckengreuelspaß.
Eine Toderzeugungsmörderstahlesspitze
Stach zum Blutgierwollustmeuchelzeitvertreib
Er den Zwei'n mit Übermenschcynismuswitze
In den zuckezagschmerzkrummgezog'nen Leib.

Nahm die Doppelmeuchelmordesopferleichen
In das Weltenweisheitunterrichtungshaus
Und als Studiumseiferzierdebeutezeichen
Stellt' er sie im Schauglaskasten aus.
Doch er war kein Mordgesellenmenschenfresser,
Das ist gasglühstrumpfbrandsonnenklar.
's war ein Universitätszoologprofessor
Und ein Kribbelkrabbelkäferliebespaar!

(nach Otto Julius Bierbaum)

HANNS VON GUMPPENBERG

Sommermädchenküssetauschelächelbeichte

An der Murmelrieselplauderplätscherquelle
Saß ich sehnsuchtstränentröpfeltrauerbang:
Trat herzu ein Augenblinzeljunggeselle
In verweg'nem Hüfteschwingeschlendergang,
Zog mit Schäkerehrfurchtsbittegrußverbeugung
Seinen Federbaumelriesenkrämpenhut –
Gleich verspürt' ich Liebeszauberkeimeneigung,
War ihm zitterjubelschauderherzensgut!

Nahm er Platz mit Spitzbubglücketückekichern,
Schlang um mich den Eisenklammermuskelarm:
Vor dem Griff, dem grausegruselsiegesichern,
Wurde mir so zappelseligsiedewarm!
Und er rief: »Mein Zuckerschnuckelputzelkindchen,
Welch ein Schmiegeschwatzschwelgehochgenuß!«
Gab mir auf mein Schmachteschmollerosenmündchen
Einen Schnurrbartstachelkitzelkosekuß.

Da durchfuhr mich Wonneloderflackerfeuer –
Ach, das war so überwinderwundervoll...
Küßt' ich selbst das Stachelkitzelungeheuer,
Sommersonnenrauschverwirrungsrasetoll!
Schilt nicht, Hüstelkeifewackeltrampeltante,
Wenn dein Nichtchen jetzt nicht knickeknirscheknіet,
Denn der Plauderplätscherquellenunbekannte
Küßte wirklich wetterbombenexquisit!!

(nach Otto Julius Bierbaum)

DE GAL.

Was ich liebe

Ich liebe die Nesseln und Disteln
Und Scherben von grünem Glas.
Ich liebe die schwärenden Fisteln,
Den eiternden Knochenfraß.

Ich liebe die Kröten und Molche
So klebrig und schlüpfrig und kalt.
Ich lieb' von den Frauen nur solche,
Die runzlig und wacklig und alt.

Ich liebe die jauchigen Düfte,
Dünggrube und Sammelkanal,
Ich liebe die modrigen Grüfte
Und Lieder von gichtischer Qual.

Ich liebe, was keinem gefallen,
Was niemand zu lieben versteht:
Ich liebe mich selber vor allen
Und jegliche Perversität.

(nach Felix Dörmann)

HANNS VON GUMPPENBERG

Genesung

Nein.
Es ist nichts.
Auch dies.
Auch dies –
Und dies.
Nichts ..
Gar nichts!
Verpaffter Rauch –
Rauch ..
Asche.

Eins nur – eins!
Du .
Dich .
Dich so sehen!
So! Ganz so!
Ja .

Und heute –
Heute ..
Da sah ich dich –
Dich ..
So –
Ganz so ..
Dich . . . .
Oh!!

Und
Mein

Verstand
Stand
Still.
……
Still.
……
Ganz still.

(nach Arno Holz)

HUGO SCHWERDTNER

Gefuehlscurven

G I. G
Sieben Billionen Jahre vor meiner Geburt
E war ich ein Esel. E
Mein einstiges Sein wurde Pergament.
F Auf eigener Haut F
schreibe ich also.

V V

II.
E Meine Gevatterin ist in der Laube. E
Unsere Hausmeisterin nicht.
H Sie schläft. H
Der Lehrstuhl schweigt.
L Der Hund bellt. L
Die Sonne ist blau.
Der Mond scheint.
S Aepfel sind ein gesundes Essen. S
Die Bank ist frisch gestrichen.
C Die Henne kräht. C
Meine neuen Augengläser
V sind schon wieder hin. V
Der Frühling! – – – – – – –

R R

III.
V Ich bin der Mond, ich bin eine Fliege. V
Der Abend auch.
E Glocken! E
Ja das ist es.
N Melonen, Polykrates, Fingerhut. N

Ja!!!
Nein.
Warum?

(nach Arno Holz)

KARL HEINLEIN-MARTIUS

Ein Fantasus-Frühstück

Ich
sitze sinnend
vor dem rätselhaftröchelnden rotbäuchigen russischen
Samowar.
Meine Frau (Allah sei Dank, daß ich eine habe!)
sitzt mir gegenüber im leisknarrenden Peddigrohrsessel.
Meine Tochter (die berühmte Filmamsel,
demnächst ein Star) –
mit kaliklorablitzenden Zähnen leblächelnd,
den pixavongewaschenen Bubikopf schämigschüttelnd
streicht mir flinkfingrig ein Frühstücksbrötchen,
braunknusprig, mit Butter und Blütenhonig –
mehr Butter bitte!
Da klingelts!
Der Träger der Briefe vom Amte der Post bringt
einen Brief:
Familie Selicke
wird sich die Ehre geben, nachmittags ihre
Aufwartung zu machen …
»Mieße Mischpoke«, meint meine Frau.
»Foosche Familie«, meint meine Tochter,
die Fee-benamste,
Und zieht ihr hortiflorcremegepflegtes Näschen kraus.
Ich meine gar nichts,
Denke aber in meines Busens Brunnentiefe:
»Ihr habt ja so recht.«
Das ganze Frühstück ist mir vermießt. Ich erhebe
mein hämorrhoidales Hinterteil
vom Chippendale-Diwan und verpflanze mich

auf den Balkon, eine Zigarette »Zaire« entzündend...
Versunken nun alles! – Selig – –!
Nur noch
Ich.

(nach Arno Holz)

ALFRED SCHMASOW

Eine feine Partie

Ball – Tanz – reizendes Paar,
Sie – schön – er Ref'rendar,
Blick – Hand – Druck, Seligkeit,
Ach! – Oh! – Alles allright!

Spät – eins – Abschied ist da:
»Schnell – Brief – sonst sieht's Papa!«
Schrift – süß – »Wünsch gute Ruh'.«
Früh – elf – schon Rendez-vous. –

Park – Bank – einsam – er da,
Uhr – zwölf – schon – was geschah?
Sie – fern – er sitzt und blickt,
Heiß – müd' – fest eingenickt.

Traum – hold: – »Tu as mon coeur!
Keusch – rein!« – Still ringsumher.
Sie – lauscht – ferne am Feld,
Mann – ihm – Falle gestellt.

Dieb – Uhr – Griff, kühn und schnell,
Busch – weg – Fang, very well!
Dieb – sie – treffen sich jetzt,
Uhr – Gold – wurde versetzt.

(in Dekomposition eines neuballadesken Musters)

N. N.

Fish's Night Song

–
∩ ∩
– – –
∩ ∩ ∩
∩
– – –
∩ ∩ ∩
∩
– – –
∩ ∩ ∩
∩
– – –
∩ ∩ ∩
∩
– – –
∩ ∩
–

(nach Christian Morgenstern)

N. N.

Der Igel

Ein Igel
saß pyramidalisch
auf einem Hügel.
*

– . –

Er fühlte sich
– wie sag ich's ungeziert –
normalvokalisch
untergrundfundiert.
*

(Lies: Strich, Punkt, Strich)

(nach Christian Morgenstern)

HANNS VON GUMPPENBERG

Mine Haha Succuba

Zur Erziehung der jungen Mädchen

Kind, wie bist du ungeschickt!
Muß man alles dir noch zeigen?
Wenn dich nicht der Teufel spickt,
Wirst du immer Trübsal geigen!

Glaubst du, daß er dich betrügt,
Weil die Welt so schwarz ihn malte?
Jede, die sich ihm gefügt,
Rühmt, wie vornehm er bezahlte!

Hebe dein Pilasterbein,
Tritt den Grabstein der Gesetze –
Doch in Höschen hüll' es ein,
Daß die Hölle ganz dich schätze!

Schöner lockt der Rosenstrauß
In durchbrochenen Manchetten,
Und das gleiche zeichnet aus
Allerzarteste Koteletten!

Glaube, so wie ich gesinnt,
Sind die besten Erdengeister –
Und nun gute Nacht, mein Kind,
Mache Freude deinem Meister!

(nach Frank Wedekind)

WERNER SCHNEYDER

Herbsttag

Herr: es ist Zeit. Der Sommer war sehr groß.
Leg deinen Schatten auf die Sonnenbrände,
nach Urlaubsende geht der Wirbel los.

Befiehl den guten Zöllnern, mild zu sein;
gib ihnen noch zwei gütlichere Tage,
dränge sie zur Vollendung hin und jage
mich durch den Zoll mit dem gepanschten Wein.

Wer jetzt nach Haus kommt, riecht nach Mittelmeer.
Wer jetzt allein ist, wird es nicht lang bleiben,
wird viel erzählen und in Briefen schreiben,
wie man am Sandstrand hin und her
zu Mädchen wandert, wenn die Triebe treiben.

(nach Rainer Maria Rilke)

HANS WALD

abends / am rande der nacht

abends / am rande der nacht
betrachte sie und sieh
corrida
diese neigung in den jahren
ein frauen-schicksal
fragmente aus verlorenen tagen
gib deine schönheit immer hin
hörst du, geliebte, ich hebe die hände
ich bin derselbe noch
komm
lösch mir die augen aus
mach mich zum wächter deiner weiten
nacht / nächtliche fahrt
o brunnen-mund / o komm und geh
persisches heliotrop
rufe mich zu jener deiner stunden
sei allem abschied voran, als wäre er hinter dir
schlaf-mohn
todes-erfahrung
und dennoch: mir geschieht
venezianischer morgen
wie ergreift uns der vogelschrei
zwei becken, eins das andre übersteigend

(nach Rainer Maria Rilke)

KARL HEINLEIN-MARTIUS

Liebe und Leben des Cornet Christoph Rilke

Sie reiten, reiten, reiten. Die Weiten gleiten und leiten in Dunkelheiten, die in gezackten Linien sich breiten. Flammen am Himmel flacken, Bäume zerknacken! Kugeln schwirren wieder nieder, und Reiterlieder weiter wieder flirren und irren wie Sonnenstrahlenspitzen, die sich in Kataralkten und Trauertakten erhitzen. – Ha! wie sie sich packten! Sich zerhackten! Und Schwerter blitzen, die Wunden ritzen und Leiber schlitzen mit blutigen Litzen! Brand! Brand! Schlacht! Schlacht! Säbel zur Hand! Angerannt! Feind aus dem Land! Schlacht! Schlacht! Niedergemacht, zubodengekracht! – Wo ist die Fahne? ... Vom Altane ein blasses Blinken: Händewinken? – Cornet, Cornet: wo die Fahne? – – Hauptmann Stilke, Marquis Wilke, am Leide tragend, beide fragend, leis verzagend den Korporal Milke: Wo die Fahne? Und wo Rilke? .. Brand! Brand! Schlacht! Feind im Sand! Feind aus dem Land, niedergerannt! – Alles rot! Fahne in Not? ... Ist Rilke tot? ... Gnade ihm Gott! stammelt Milke, stammelt Wilke – stier starrt Stilke. – – – Aber, da schau! Hör und schau! Ein Signal! ... Der General, fahl, oben kahl, Schnauzbart in Ehren grau und rauh, lächelt schmal mit einemmal. Winkt seinem Trosse, steigt vom Rosse, zeigt zum Schlosse, den Blick erhoben durchs Toben nach oben. Ob keiner es ahne? – Da weht die Fahne, fern dem Wahne, weht vom Altane! ... Und eine Frau, blond und blaß, freude-tränennaß, blendend in Blau, o schämige Schau, stumm im Gebet droben steht!! – Seht! der Cornet bei ihr steht, der Cornet! auf dem Altane!! unter der Fahne – und lächelt schlau, siegesumweht! – Da machen Kotau vor Dem von Langenau der Hauptmann Stilke, Marquis Wilke,

Korporal Milke. Und alle drei – rufen: Hei! Heil Christoph Rilke! Er hat die Fahne, der Titane!! O herrlich Erwachen: er lebt und kann lachen!!

(nach Rainer Maria Rilke)

HANNS VON GUMPPENBERG

american bar

ein ruhgelaß schrägab dem rädertreiben
da müden seelen in gedämpfter stille
sich mälich wieder ebnet sinn und wille
im schimmerglast der zarten kräuselscheiben

umschmiegt von feingebräunter holzbeschalung
bleichhell getönt verwölben sich die wände
und friedlich labt den blick verstreute spende
der dämmerkunst in altersdunkler malung

der fliese mattes rot wer könnt es singen
die schneegedecke die willkommen sagen
der schlummerlehnen schmeichelndes behagen
der silbernen geräte leises klingen?

vielleicht doch lieber wink ich mit den augen
dem kellner in der milden weißen bluse
zum wohle meiner nervenschwachen muse
blaßkühlen saft durch hohles stroh zu saugen

(nach Stefan George)

SERENUS M. BREZENGANG

Wenn einst dieser herd ...

Wenn einst dieser herd sich gereinigt von sosse
Vom hackbrett geschleudert die reste von gestern
Nur spürt im patenttopf die hitze des bratens
Dann wird auf dem backblech voll endloser strudel
Aufzucken der mürbteig.. dann jagen auf touren
Lautdröhnende mixer dann braust durchs gelage
Die schrecklichste schere der dritte der gänge:
Des hummers triumphzug!

Wenn je dieser koch sich aus feigem verlängern
Sein selber erinnert des fonds und der kresse:
Wird sich ihm eröffnen die göttlichte auster
Unsagbaren schlürfens.. dann heben sich farcen
Und bravos ertönen zum preise der trüffel
Dann flattert im eischnee mit wahrhaftem duften
Die erdbeer-charlotte und grüßt sich verneigend
Die Esser · die Gäste!

(nach Stefan George)

ROMEO SELIGMANN

Die Besseren

Wir wandeln und wir werden
Wie Blumenblätter sein.
Den Schwarm von weißen Pferden
Hüllt keine Wolke ein,
Er glänzt auf gold'nen Herden,
Wie du dich magst geberden
Entgehst du nicht dem Schein.

Hat dich der Ball getroffen
Fing ich den Reifen auf
Im Halben und im Hoffen
Erlischt dein Lebenslauf;
Und steht die Schwelle offen,
Es fällt von Seidenstoffen
Ein lichter Glanz darauf.

Den Meeren und den Ländern
Gönn' ich den leichten Blick.
In schimmernden Gewändern
Erfüllt sich mein Geschick;
Und muß ich mich verändern,
So bleib' ich an den Rändern
Des Lebens gern zurück.

(nach Hugo von Hofmannsthal)

ROBERT GERNHARDT

Terzinen über die Vergeßlichkeit

nach Kuno von Hofmannsthal

Noch spür ich ihren Dingens auf den Wangen,
Wie kann das sein, daß diese nahen Tage
Dings sind, für immer fort und ganz vergangen?

Dies ist ein Ding, das keiner voll aussinnt
Und viel zu kommnichtdrauf, als daß man klage,
Daß alles gleitet und vornüberrinnt.

Und daß mein eignes ... Na! durch nichts gehemmt
Herüberglitt aus einem Kind? Ja, Kind,
Mir wie ein Hut unheimlich krumm und fremd.

Dann: daß ich auch vor Jahren hundert war
Und meine Ahnen, die im roten Hemd
Mit mir verdingst sind wie mein eignes Haar.

So dings mit mir als wie mein eignes Dings.

ROBERT NEUMANN

Mutteranruf

Und Kinder wachsen auf mit großen Augen
Und wissen schon von ihrem tiefsten Walten
Und wollen es schon daumenhaft besaugen.

Und Mütter gehn, und immer wieder halten
Und heben sie die drohbereite Geste
Und stehn erstarrt und drohn noch im Erkalten.

Und Dichter sind, und ihre Anapäste
Sind wie die Neige tiefgesenkter Krüge
Und schmecken schal wie trübe Hefereste.

Und wiegen sich in ihrer samtnen Lüge
Und lieben Prunk, ein wenig überplundert,
Und spreizen sich in gestriger Genüge.

Und stehen bleib im lärmenden Jahrhundert
Und nehmen dankbar jegliche Beschau an.
Betroffen steht die Zeit: es bellt verwundert

Ein Bologneserhündchen einen Pfau an.

(nach Hugo von Hofmannsthal)

HANS HEINRICH VON TWARDOWSKI

Monolog eines jungen Mannes von vierzig Jahren

Das sind die Tage, über denen allen
Flamingoblaues Dämmern liegt.
– – Und hören sehr perverse Orgeln schallen
Und Traueraffen aus den Bäumen fallen
Und sind sehr satt.
Und sind sehr matt und alt.
Und tragen uns mit kränklichen Gebärden
Und wissen, daß wir waren, was wir werden.
Und es ist gut.
Und schreiben öfter matte Operntexte.
Und zählen still vom ersten bis ins sechste.
Und sagen: »Wien«.
Und sind noch immer wie vor zwanzig Jahren.
Und wissen, daß wir werden, was wir waren.
Und wedeln sanft.
Und wandeln in der guten Abendröte.
Und spielen gern und sehr den alten Goethe.
Und sind sehr fein.
Und schreiben edle Auf- und Niedersätze.
Und stellen uns auf sehr belebte Plätze.
Und denken nichts.
Und haben einen sehr gepflegten Stil.
Und nicken mit dem Kopfe ganz und viel.
Und wirken sehr ornamental.
Und sind in dieser Welt wie in der Fremde.
Und tragen in der Nacht ein seidnes Hemde.
Und werden nächstens wohl katholisch werden.

(nach Hugo von Hofmannsthal)

ROBERT NEUMANN

Ich lasse mich nicht!

791. Fortsetzung und Schluß

»... Winfriede aber ist mein eigenes Kind!« Sie hatte geendet und hielt den Brief in zitternden Händen.

Da trat Götz von Grafeneck vor sie hin. »Du bist ebenbürtig, Trotzkopf ... du bist meine Braut!«

Sie aber: »So meinst du, daß ich nun Aufnahme finden darf in deinem Geschlecht, das, wie dir bekannt, zu den vornehmsten unseres Landes gehört?«

Da schloß er sie stumm in die Arme...

Schon im April wurde Winfriede Götzens Gattin. Sie erwählten Schloß Adlershorst zum Wohnsitz. So konnte die alte Gräfin ihre Kinder täglich besuchen.

Jettchen Wohlgemut brauchte sich nicht mehr um die blassen Wangen ihres Komteßchens zu ängstigen; Winfriede ward eine blühende junge Frau. »Ich lasse mich nicht«, war ihr stolzer Wahlspruch. Sie war inzwischen Mutter dreier Knaben und vierer Mädchen geworden, die fröhlich in Adlershorst umhertollten.

Dagobert von Schwarzburg aber heiratete die häßliche, bucklige Tochter eines reichen Käsehändlers und huldigte dem Dämon Alkohol.

(nach Hedwig Courths-Mahler)

IV

Von Expressionismus und Dada zur Gegenwart

WOLFGANG BUHL

Tagebücher

4. Oktober. Es ist selten, daß Berge steil abfallen, Gipfel aber sind ähnlich.

Die kunstvolle Verquickung der Glatze Samuel Goldfadens mit der ruhigen Lauterkeit seines Wesens wird um so schwieriger, je mehr man die Spannung ihrer gestrafften Haut sich auf nicht ganz reine Weise im Faltenlager der Stirn verlieren sieht. Auch die Natur hat ihre Prokrustesbetten.

Nachmittags auf dem Kanapee, im Stuhl, auf dem Kanapee. Ich begreife, daß Geist nach Situationen sucht, die Verkörperung anbieten, auch wenn sie dem Fortschritt entgegenstehen.

Der schwebende Glanz eines Käsestumpfes unter der Glasglocke.

6. Oktober. An einem Abend, die Straße lag leer und benommen im Dunkel, öffnete ein Mann, J. S., er war strümpfig und auch sonst für die Nacht bereitet, seinen Mund am Fenster eines Mansardenzimmers im dritten Haus linker Hand und gähnte. Die Bewegung seines Atems war verhalten und ohne Angst, obwohl er spürte, daß mehr Luft als gewöhnlich zwischen die Lippen drang. Er legte beide Hände lose vor den Leib und gähnte noch einmal, zuerst versonnen und ruhig die Gasse entlang, dann in den Himmel empor.

Keine Erlösung.

Kabarett Lucerna. Kahlberger, Humorist. Die hintergründige Form seiner Nase, die fast in der Mitte seines Gesichts lang und grausam hinabfährt in den gewichsten Bart. Versteck zwischen Nachtmahlresten.

Lydia Nikolajewna. Tänzerische Verführungen, die das

Auge gern leidet. Die eingeborene Bewegung der Hüfte ins Knie, der reizende Anflug von »Frühlingserwachen« zu »Wintermärchen«, der Fuß als Spirale und Drall. Das modellierende Spiel der Hände in Luft und Taft. So hat sie einst ihre Kühe gestreichelt.

Heimweg mit Max. Der Anblick von Stufen ergreift mich so. Hölderlin: »Wenn ich aufsteige im Geiste, was ist das Höchste von allem? Nichts!«

13. Oktober. Wenig. Morgen verhindert.

17. Oktober. Donnerstag, vorgestern.

18. Oktober. Kleine Eigenheiten großer Junggesellen. So haßte Nietzsche Sprungfedermatratzen nicht weniger als Erasmus von Rotterdam Mehlspeisen. Auch wenn sich in Aktionen des Unterbewußten Absicht einmischt, bleibt Wille gebunden, Ursache und Wirkung trennen sich schwer. Woher also meine Abneigung gegen die Ehe?

Ein traumhaftes Doppelwesen tritt morgens wieder in die Erinnerung. Ich ließ mir das Haar scheren, zweifelte fast, daß es wirklich geschah, doch zerstreuten die frischen Geräusche des Kamms meinen Zweifel. Als ich aufsehe, bedrängt mich das Gesicht eines Menschen, den ich zu kennen glaube. Wie er Witterung aufnimmt, wie er den Blick lang ausschwingen läßt. »Sind Sie Herr K.?« Nur das verdächtige Nagen der Schere hindert mich an der Indiskretion dieser Frage.

19. Oktober. Daß mich, wie T.F. und E.B. im Hinblick auf Maxens posthume Absichten sagen, so geartete Samariterleistungen verwirrten, würde mir zu denken geben, wenn Sch., der solche Dinge tiefer durchleuchten sollte als P. oder

gar F. und B., nicht G.s Standpunkt teilte und damit Max recht gäbe. Auf seinem Grabstein vielleicht: »Das letzte Loch, das er füllte.«

Meine schreckliche Ahnung, das Badezimmer.

21. Oktober. Die Eiförmigkeit. Denkfehler für Einförmigkeit wie Klo für Klio?

Ich habe zuviel gesagt.

(nach Franz Kafka)

WOLFGANG BUHL

Das Glasperlenspiel

Es muß, darf man Berichten aus jener Zeit glauben, im Frühjahr gewesen sein, etwa zur Zeit des großen öffentlichen Spiels, des Ludus anniversarius oder sollemnis, als das Ereignis eintrat, von dem hier die Rede sein soll, wobei man freilich bedenken mag, daß nach kastalischer Gepflogenheit kaum etwas davon in weiteren Kreisen des Landes bekannt wurde, es sei denn, reisende Mitglieder des Ordens hätten die Kunde weitergetragen. Dem aber geschah nicht. Vielmehr wurde behutsames Stillschweigen darüber bewahrt, nicht zuletzt von Josef Knecht selbst, und je und je hat man sich seither Gedanken darüber gemacht, warum gerade wohl jene Sekunde seines Lebens – denn in nicht geringerer Kürze scheint sich das oben genannte Geschehnis vollzogen zu haben – in historisches Dunkel gehüllt blieb und vielleicht gar gehüllt bleiben wird. Aber wir wollen nicht vergessen, daß Geschichtsschreibung, wie auch immer sie betrieben werden mag, mit Lücken solcher und ähnlicher Art zu rechnen hat, und wenn wir uns dennoch nicht scheuen, gerade dieser Sekunde in Knechts Leben nachzuspüren und eine zwar eigenwillige, aber keineswegs fernliegende Deutung zu geben, so ermutigt uns eben gerade der Umstand zu unserem Unternehmen, der den Chronisten in ähnlichen Fällen daran zu hindern pflegt. Der Umstand nämlich, daß weder verbürgte Nachrichten, noch eigene Manuskripte des Ludi Magister über diesen, wenn wir uns so ausdrücken dürfen, Kurzteil seines irdischen Hierseins vorliegen, was nicht besagen soll, daß er von Unwichtigkeit gewesen wäre. Es handelt sich vielmehr um einen Augenblick höchster Bedeutung im Geschick dieses besonnenen und außerordentlichen Mannes, einen Augenblick, in dem Amor fati und Daimonion seines Lebens nach heimlichem, aber leidenschaftlichem Suchen einander begegneten und eine merkwürdige Handlung bedingten, derer noch spätere Generationen des Vicus Lusorum voll Unruhe und Verwunderung gedachten.

Falls nämlich Tagularius, der feurige und etwas unüberlegte Gehilfe Knechts, keiner Täuschung erlegen ist, hatte der Glasperlenspielmeister just zu jener besagten Zeit seine Lesung, der er vor den Eliteschülern nachkam, mit abrupter Gebärde unterbrochen, war gleichzeitig von einer heftigen Blässe befallen und, entgegen der ehrwürdigen Langsamkeit seiner sonstigen Bewegung, durch eine höchst plötzliche Wendung des Körpers ergriffen worden, die ihn im Bruchteil jenes bedeutungsvollen Zeitraums, von dem hier die Rede ist, mit dem Rücken zum Übungsspiel zu stehen brachte und die Seminarzelle ohne weitere Erklärung verlassen ließ.

Bei diesem Sachverhalt wird man einsehen, daß uns nichts zu der Annahme befugt, der Zusammenhang zwischen der fremdartigen, ja rückläufigen Bewegung, kurz zwischen der Körperdrehung Knechts und der ihr vorausgegangenen Blässe seiner Wangen beruhe auf Zufall. Und wenn wir auch nicht – wie etwa Alexander – zu dem Schluß neigen, ein plötzlicher Sonnenstrahl, welcher sich durch das Fenster der Zelle stahl, habe jene körperliche Veränderung bewirkt, oder gar die Vermutung des Magister Musicae teilen, einer der übenden Novizen habe beim zweiten Spieleinsatz den Quintschritt zu früh in einen Quartschritt und die Dominante in eine falsche Klausel verwandelt, über welch mangelnde Kalligraphie der Meister alle Besonnenheit und Gesichtsfarbe verlor, so haben wir den Ernst des Vorfalls doch keineswegs verkannt, ja wir möchten befürchten, daß er noch ernster gewesen sei als man ursprünglich zu glauben sich anschickte. Zu unserer Bestürzung erhärtete Plinius Ziegenhalß, der rühmlich bekannte Literarhistoriker, welcher sich schon vor geraumer Zeit um die Erforschung des feuilletonistischen Zeitalters Verdienste erwarb, unsere Vermutung, indem er nach beharrlichen Studien im Archiv des Glasperlenspiels erklärte, daß Josef Knecht das Opfer seines eigenen, wie wir wissen, nicht geringen Spieltriebs geworden sei. »Das vorliegende Spiel«, so schrieb der greise Gelehrte unter anderem, »ist in seiner Struktur als Spezialunterhaltung bald der Philologen, bald der Mathematiker, bald der Philosophen, Musiker oder Pädagogen, kurz aller Kenner hochentwickelter Geheimkontrapunktik, in der Lage, den besten, ja virtuosesten, um nicht zu sagen privilegiertesten Glasperlendenkspieler, vielleicht sogar einen recht tüchtigen, ja genialen Esoteriker trotz hundertfältiger Exerzitien auf den Gemeinplätzen Kastaliens behutsamstem Zweifel zu überliefern, zumal sein gläserner, um nicht zu sagen durchsichtiger Name einen ebenso milchgläsernen, um nicht zu sagen undurchsichtigen Charakter birgt, womit die fenstergläserne Blaßsichtigkeit des Ludi Magister Josef Knecht hinlänglich interpretiert wäre.« Eine Auslegung, der wir uns, namentlich nach der kontemplativen Seite hin, nicht zu verschließen wagen. Welch mutwilliger Gedanke Knecht freilich bewog, dem Glasperlenspiel gleichzeitig den Rücken und sich weder um das Vademecum, noch an die für diese Fälle vorgeschriebenen Meditationsübungen zu kehren, ist und bleibt auch für uns – wie wir leider gestehen müssen – sehr schwer zu deuten und könnte Anlaß zu einer neuen, nächstens tiefer zu erschöpfenden Legende werden.

(nach Hermann Hesse)

HELLMUTH KRÜGER

Die expressionistische Rakete

Ein Erntefest ist in der Laubenkolonie.
An Drähten hängen farbige Laternen.
Ein kleiner Junge macht am Zaun Pipi,
Und die Raketen fliegen zu den Sternen.

Das Bier steigt in den Bäuchen gleich der Flut.
Aus einer Laube knallen siebzehn Küsse.
Die Liebe ist des Lebens höchstes Gut,
Doch gibt es sonst noch mancherlei Genüsse.

Der Himmel wird nach dieser Nacht
Geflickt. – Das Feuerwerk zerriß die Wolken.
Und eine Tafel wird da oben angebracht.
»Es ist verboten mit Raketen rumzupolken.«

(nach Alfred Lichtenstein)

SEBASTIANUS SEGELFALTER

Aasgeier

Aasgeier
speit Gewöll.
Weibsbrief
rot laternt
Giert grinst
Nachtschwärze
Geschlecht, Geschlecht!

Soll ich?
Ekel steilt auf
Kotze
Dunkel dunkelt
Haß, Grauen...
Impotenz, Impotenz!

(nach August Stramm)

HANS REIMANN

Klirr hah rubinenes

Klirr hah rubinenes Gewölk urschimmernd.
Malm hin. O. Platz gell birst ras toll krepier!
: Mein Name pritzelt Dynamit. Ha. Hämmernd:
So fetz ob Gaurisankar – Warzen mir :

: Steiß kreischendst, Du, quer Wattebüscheln : Feuer.
Berg schwingt. Vesuvst! O Leichenschändungst wo!
: Auftrieb gefault : Ja ... Dichtest ungeheuerst.
O Eiter steil! Kometen ! krachend Tod :...

Du Huren-Rüssel : Spritzend schmeißend Sturm :
† Zertürmst zerschmolzest deutlichst mir bewußtest§
Hah Bresche Du ... Bewickeltst. Höchst enormst.
Superlativischst schmetterndst Nabelschnurstest...

(nach Johannes R. Becher)

KARL SEEMANN

Astern

Astern – dunkelnde Herzen,
der Abend geht windig und kühl,
noch der Sonne müdes Verscherzen,
da schon der Sommer entfiel.

Astern auf schwärzlicher Erde –
ein Purpur, ein Lila, ein Rot,
gleich dunkelnden Lebens Gebärde
vom Brandschein der Wälder umloht.

Astern, sinkende Tage,
purpurnes Blühn und Vergehn.
Ein Nebel, ein Traum, ein Entsagen,
wenn fröstelnd die Blüten verwehn.

Astern – noch einmal ein Öffnen,
ein Hoffen im dunkelnden Sein,
doch Träume, die Sommer erlöschen
im Nachttief um Gärten und Rain...

(nach Gottfried Benn)

WOLFGANG BUHL

Abgangslicht

Schatten und Trübe, geschändet
von blauer Indigestion –
ach, wieder ein Tag verendet
an Hirnstammhypertension;
über Wüste und Kahle,
käsig, atrophisch und schief,
das fahle Mondrituale,
bionegativ.

Vergessen Unflat und Huren
im stinkenden Klinikbett,
die libidinösen Touren
durch phsychophysisches Fett –,
Coldcream statt Spermabrühe,
Seelenamöben statt Ruhr,
aber vergebliche Mühe,
Gonokokken jetzt in der Natur.

Wimmelnde Welteistürmer
oszillieren und schreien,
da blasen sogar die Würmer
auf transmundanen Schalmeien;
rizosphärische Wolken
mehren sich peu à peu:
das also sind die Folgen
der alten Gonorrhohö.

(nach Gottfried Benn)

K. KOWALSKI

Futuristische Ballade

(mit kubistischen Anklängen)

Auf weißen Wiesen weiden grüne Schafe.
(Es könnten böse sein, doch sind es brave.)
Vom fieberhellen Himmel braust die braune Sonne nieder
Und küßt den Rotdorn wach, den Weißdorn, Ginster,
Flieder...
Die Schnecken säuseln. Vöglein grunzen leise.
Das ist zum Sonnwendliebestraum die rechte Jubelweise.
Welch' holde Maid wankt dort den Rain entlang?
Ihr düsterblaues Haar wie Urwaldschlinggerank –
Gerank vom Urwald, Mitternachtgeschling.
(Weil sie es niemals kämmt, das faule Ding.)
Das aber störet nicht den Dichterknaben,
Der jäh den Bleistift zückt im Wiesengraben.
Er sieht mit Sektersatz im Leibe
Heut' Helenen in jedem Weibe.
»All-Eine!« ruft er, ihre erdbeerfarb'ne Hand erfassend.
»Was wollen Sie von mir?« fragt sie erblassend.

»Du Wunderweiche« – seufzt er – »die schon immer war!
Du All-Gebärerin, die alles All gebar!
Du Fee der Feen, Du Über-Ungetier!«
»Mein Herr« – haucht sie – »Sie sind wohl nicht von hier?
Ich bitte, solche Redensarten doch zu unterlassen.
Sie könnten meinem Bräutigam Maxen vielleicht nicht
passen.
Der ist hier Hausknecht im »Gehörnten Ochsen«.
Im März bekam er auch den Meisterpreis im Boxen.
Mit dem will ich nachher ins Kino gehen... «

Die Maid entwogt und läßt den Unverstand'nen stehen.
Der Dichter blich. Verschluchzend stürzt er fort.
Der Teich, in dem die weißen Wasserrosen donnern,
ist sein Ort.
Von mausegrauem Gram zernagt, wühlt er sich ein
in schlammige Tiefen.
Drin still nach erstem Frühgesang die frischen Fische
schliefen.
Hier haucht er seine ultraviolette Seele aus.
Libellenflügelig verläßt sie schnell das Wasserleichenhaus.

KARL VALENTIN

Das futuristische Couplet

Ein Gegenstück zu der modernen Malerei

In Nürnberg kam das Ganze,
Es sind ja mal erst recht,
Doch als es mir ganz falsch war,
Ist es ohnedies zu schlecht.
Mit wessen ich grad dachte,
Von ohne sie berührt,
So sind sie denn von vorne rein
Ganz ohne dizipliert.

Wer allzulange sind ist,
Ob arm, geht sich bei dem
Das einmal es oft lieber sein,
Drum wird ja ohnedem,
Mitsammen, ja denn so kann,
Bei deinen nicht schon sein,
Sobald man kann es bleiben soll,
Zusammen fein zu sein.

Wenn einmal in der Nase,
Hast manchmal du in Ruh,
Die Plattform in der Tasche hast,
Und treibst in allem zu,
So wittert aus den Mitteln,
In Spanien aus und ab,
Der Blumen Augenbrauen senkt,
Mit Asien und in Trapp.

BERNHARD SCHÄFER

3 × Dada

I.
Vadda Vadda Adda Dadda
Zugg-zugg! Zugg-zugg! Mam-mam-mam!
Adda Babba Gagga Abba
Bibba Bibba ham-ham-ham.

II.
Rudi Muddi Dadda Begga –
Begga Rudi Legga-Legga!
Rudi Wauwau bimbambam!
Wauwau Legga hamm-hamm-hamm!

III.
Mamma Bibbi Tock-Tock-Tock!
Bibbi Gagga Gock-Gock-Gock!
Hubba-Hubba Kikiri!
Gagga olle! Bäbä-Fui!

Auflösung siehe unten

Auflösung

Dies bedeutet: Mit Papachen
Fuhr Klein-Adda zu Mamachen,
Wollte auf der Eisenbahn –
Bitte! – Ei und Apfel ha'n.

Rudi mit Mamma beim Bäcker.
Was *der* Rudi schenkt, schmeckt lecker.
Rudi zog den Hund am Schwanz.
Fraß der gleich das Gutsel ganz.

(Mama lockt die rührend-wackern
Hühner, die das Ei begackern.
Auch der Hahn hüpft schnell herbei.
Doch was *der* legt, ist kein Ei.)

HANS HEINRICH VON TWARDOWSKI

Das sanfte Dada

Im Bauch des Oberlehrers sprießt das Gras.
In meinem Schädel dörrt das Stroh.
Ich bin ein kleiner Bürger, hojohoh!,
Der andre kleine Bürger gerne blufft.
Ololo! Okokre – Schelaben – Schelabei
Buschki – Baschki – Lodomo:
Auf meinem Schädel wächst ein Dromedar.
Was sollte sonst auf meinem Schädel wachsen?
O Bolo! wau wau axen axen
Dada! Hurra! Haha hihi hoho.

(nach Richard Huelsenbeck)

HANS WALD

ü-gedicht

lies: rauf runter
rauf runter rauf
zwei pünktchen drauf

das ü-gedicht ist die potenzierung des i-gedichts durch verdopplung, sprich tautologie: zwei i sind mehr als eines und aneinandergehängt ein ü. ein ü-gedicht zu schaffen ist viel schwerer als ein i-gedicht, denn es erfordert die doppelte anstrengung des raufrunterrauf. das ü ist der mittlere düphtong im deutschen alphabet und dient der mehrzahlbildung: hut – hüte, mund – münder, rund – ründer. auch sind zwei pünktchen mehr als ein punkt, nämlich ein doppelpunkt; quergelegt übers u wird daraus das ü. es kommt im englischen nicht vor, auch nicht im französischen, griechischen, holländischen, italienischen, japanischen, koreanischen, lappländischen, marokkanischen, norwegischen etc. natürlich auch nicht im polnischen, russischen und spanischen. wenn i = ich ist, dann ist ü = zwei ichs, also ein doppel-ich, ich und du, wir zwei beide. wer wir beide sind, darüber hüllen wir uns freilich gründlich ins schweigen. annonce: anna blume heiratet rudolf blümner. (schütten wir grünes parfüm darüber!) pünktchen drauf! die kümmernisspiele haben in ü ihren ursprung, verrückt: wür sprüngün üms ück ünd kührün nü zürück. erfaßt! das kunstwerk in der natur, so ist ü das kunstwerk sonstnochwo und überall: über den sternen zum beispiel. üü (vorwärts und zurück) singen die vögel und obervögel im grü-ünen gebü-üsch und sind glü-ücklich. fümms!

(nach Kurt Schwitters)

KURT SCHWITTERS

An Anna Blume

O du, Geliebte meiner siebenundzwanzig Sinne, ich
liebe dir! – Du deiner dich dir, ich dir, du mir.
– Wir?
Das gehört (beiläufig) nicht hierher.
Wer bist du, ungezähltes Frauenzimmer? Du bist
– – bist du? – Die Leute sagen, du wärest, – laß
sie sagen, sie wissen nicht, wie der Kirchturm steht.
Du trägst den Hut auf deinen Füßen und wanderst
auf die Hände, auf den Händen wanderst du.
Hallo, deine roten Kleider, in weiße Falten zersägt.
Rot liebe ich Anna Blume, rot liebe ich dir! – Du
deiner dich dir, ich dir, du mir. – Wir?
Das gehört (beiläufig) in die kalte Glut.

Rote Blume, rote Anna Blume, wie sagen die Leute?
Preisfrage:
  1.) Anna Blume hat ein Vogel.
  2.) Anna Blume ist rot.
  3.) Welche Farbe hat der Vogel?
Blau ist die Farbe deines gelben Haares.
Rot ist das Girren deines grünen Vogels.
Du schlichtes Mädchen im Alltagskleid, du liebes
grünes Tier, ich liebe dir! – Du deiner dich dir, ich
dir, du mir, – Wir?
Das gehört (beiläufig) in die Glutenkiste.
Anna Blume! Anna, a-n-n-a, ich träufle deinen
Namen. Dein Name tropft wie weiches Rindertalg.
Weißt du es, Anna, weißt du es schon?
Man kann dich auch von hinten lesen, und du, du

Herrlichste von allen, du bist von hinten wie von vorne: »a-n-n-a«.
Rindertalg träufelt streicheln über meinen Rücken
Anna Blume, du tropfes Tier, ich liebe dir!

(zumindest teilweise: Selbstparodie)

N. N.

An Herrn Anna Blume

O du, Geliebter meiner vergnügten Sinne,
ich schätze dir! – Du, der du mir, ihr,
andern, allen Eseln – wir! mit
Bluff das Geld abknöpfst. – Wir!
Das gehört (beiläufig) hierher.
Wer bist du, unbezahltes Männerzimmer?
Du bist – – bist du? – Die Leute sagen,
du wärest, – laß sie sagen, sie wissen
nicht, wie man Geld verdient.
Du trägst dein Hirn in deinen Füßen
und wanderst auf dicke Kartoffeln,
auf dicke Kartoffeln wanderst du.
Hallo, deine neue Hosen, in weiße Bügelfalten zerzägt.
Rot liebe ich Anna Blume, rot liebe ich
dir! – Du, der du mir, ihr andern,
allen Eseln – wir! mit Bluff das Geld
abknöpfst. – Wir?
Das gehört (beiläufig) hierher.
Rote Blume, rote Anna Blume, wie sagen die Leute?
Preisfrage:
 1.) Anna Blume hat keinen Vogel.
 2.) Anna Blume ist rot.
 3.) Welche Farbe ist der Vogel?
Grau ist die Farbe deiner schwarz gefärbten Haare.
Einträglich ist das Girren deines bluffen Vogels.
Du raffiniertes Männchen im Narrenkleid,
du liebes grünes Tier, ich liebe dir! – Du,
der du mir, ihr, andern, allen Eseln –
wir! mit Bluff das Geld abknöpfst. – Wir?

Das gehört (beiläufig) in den Kassenschrank.
Anna Blume! Anna, a-n-n-a, ich
kotze deinen Namen. Dein Name tropft
wie schlechtes Rindertalg.
Weißt du es, Anna, weißt du es schon?
Man könnte dich auch einmal von hinten
besehen, und du, du Herrlichster von
allen, du bist von hinten und von
vorne: verbläut.
Rindertalg träufelt streicheln über deinen Rücken.
Anna Blume, du kluges Tier, ich liebe dir!

(nach Kurt Schwitters)

ERICH FRIED

An Anna Emulb
Junogedicht 1 – in Memoriam Kurt Schwitters

Weißt du es, weißt du es schon?
Nicht er hat dich geliebt,
Mein eben*bürt*iges, falsch, verkehrt geschriebenes
Idyll und *Ideal*, mein helles, das meine Augen
Fast trübt vor Liebe: Nicht er hat dich geliebt, sondern ich!
Nicht jener *Turk*, jener Heide mit seiner Vielsinnlichkeit,
nicht jener Heini, sondern ich, sondern ich liebe dich!
Trotz seiner vielen Sinne ist er sinnlos geblieben:
Nur halb hat er dich erkannt, deinen *Nemanuz*
hat er nutzlos beiseite gelassen! Das ist keine Liebe,
dieses nur halbe und nur annale Erkennen.
Nicht *er* hat dich geliebt, sondern *ich* liebe dich:
Ich will dich ganz lieben und will dich ganz erkennen,
deinen Nemanuz und auch deinen Nemanrov!

»Man kann dich auch von hinten lesen«, hat er gesagt
»und du,
du Herrlichste von allen, du bist von hinten
wie von vorne: ›a-n-n-a‹.«
Aber du, Anna Emulb, bist nicht von hinten wie
von vorne,
wie dieser annala Annalphabeth es behauptet,
der schlappmacht auf halbem Weg; das gehört sich nicht!
Der gehört (beiläufig) in die kalte Glutenkiste.
Hörst du mich, hörst du mich schon, Anna Emulb?
Erhörst du mich wieder?
Ich eme dich, ich aime dich sehr, du mein Ziel,
du mein aim!

Ich will dich mulben und ulben, denn du bist nicht,
wie er sagte,
von hinten wie von vorne, und er soll seinen Rindertalg
für sich behalten. Pfui! Ich sag es ganz unverblümt:
Er soll seinen Rücken, seine Kehrseite, einfetten
und streicheln,
denn *ich* bin es, der jetzt lebt und liebt
und dich mulbt und dann ulbt
und dann lbt, solange du willst!

Ja, ich lbe dich! Ich lbe dir! Du deiner dich dir!
Ich dir, du mir – Wir?
Ich lbe dich unter Ulmen und unter Ulben,
wie trunken von Bulmer's Cider und zwiebelig weinend
wie unter Bulben!
Ich will dich lben, überall und überhaupt,
bis ich mich lege wie Yeats liegt unter Ben Bulbens kahles
Haupt.

O Emulb! ich will die großen Liebenden aller Zeiten
emulbieren,
bis ich zu Mulm werde, und ich will immer den Emu
für dich imitieren,
der zwar nicht fliegen kann, doch ich will rund
um dich rennen
mit ausgebreiteten Armen: Ich will dich erkennen
und richtig benennen!
Mir wird gamz mulmig vor Liebe, wie sichs *gebührt*,
ganz betrübt bin ich von der Bürde der Liebe zu dir, zu dir,
du, meine einzige Hilfe, mein Holp und mein Hülp und
main *aid*,
mein Idyll und mein Ideal, o du, mein *Aidyl*,
zu dem Anna Emulb mich durch die Blume führt.

HANS WALD

an otto wolke

(als pendant zur ›anna blume‹)

oh du, geliebter meiner 28 sinne, ich liebe dir!
du mich, ich dich, ich mich, du dich —— wir uns?
das gehört weißgott nicht hierher!

wer bist du, überzähliges mannsbild, du bist, bist du?
die leute sagen, du seiest.
laß sie sagen, sie wissen nicht, was der wecker
gebimmelt hat.

du trägst die batschkapp auf deinen füßen und wanderst
auf händen
auf den händen wanderst du.

hallo, dein rotes jackett, in gelbe falten zersägt,
rot liebe ich otto wolke, rot liebe ich dir.
du mich, ich dich, ich mich, du dich —— wir uns?
das gehört beiläufig in den bollerofen!
otto wolke, roter otto wolke, wie sagen die leute?

preisrätsel:
1) otto wolke piepst
2) otto wolke ist blau
3) aus welcher richtung bläst der wind?

rot ist die farbe deiner grünen lippen,
rot ist die farbe deines blauen haares.
du schräger vogel in der alltagskluft,
du liebes blaues tier, ich liebe dir!

du mich, ich dich, ich mich, du dich —— wir uns?
das gehört beiläufig in den kohleneimer.

otto wolke, otto, o —— t —— t —— t —— o!

ich tröpfle deinen namen,
dein name tropft wie weiches bienenwachs.
ahnst du es, otto, ich weiß, du ahnst es,
man kann dich auch von hinten lesen.
und du, du herrlichster von allen, du bist von hinten,
wie von vorne:
o —— t —— t —— t —— o.
bienenwachs träufelt schauder über meinen rücken.
otto wolke.
du tropfer stier,
ich —— liebe —— dir!

(nach Kurt Schwitters)

KURT TUCHOLSKY

Lied der Cowgoys

Ramm! – Pamm!
Ramm – pammpammpamm!
Wir stammen vom Mahagonny-Stamm!
Wir sind so fern und sind so nah!
Wir stammen aus Bayrisch-Amerika.
Ahoi geschrien!
Wir sind keine Wilden – wir tun nur so!
Wir haben Halbfranz auf dem Popo!
Und wir sind auch nicht trocken – gar keine Spur, ah … !
In Estremadura!
  In Estremadura!
  In Estremadura –!

Ramm! – Pamm!
Ramm – pammpammpamm!
Exotik als Literaturprogramm:
Das ist bequem und macht keinen naß
und tut keinem Kapitalisten was.
Remington backbord!
Wir sind bald lyrisch und sind bald roh.
Wir fluchen am Kreuz und beten im Klo.
Und jeder von uns singt so schön wie Kiepura!
In Estremadura!
  In Estremadura!
  In Estremadura –!

Ramm! – Pamm!
Ramm – pammpammpamm!
Auf dem Hintern da prangt uns ein Monogramm.

Da prangt Bert Brecht – frag nicht nach dem Sinn –
sonst halten wir dir unsern Hintern hin.
Und klappt es nicht mit des Dramas Lauf:
dann sagen wir rasch ein Sprichwort auf.
Auf dem Rücken der Pferde, da liegt unser Glück…
God save the Queen mit Goldmundstück!

(nach Bertolt Brecht)

HANS REIMANN

Laterna Tragica

Blandine saß auf einem Stein!
Jerum o Jerum!
Blandine saß auf einem Stein!
Im pikfein blanken Mondenschein!
Links unten war ganz nackt sie
Sie hatte weder Strümpf noch Schuh
Wild tanzt im Ragtime-Takt sie!
Dann machten die Kaschemmen zu
Ju Ju
  Längs den Kapell'n
  Hört sie die Engel vom Dache bell'n:
  Müde bin ich geh' zur Ruh!

Blandine saß auf einem Stein
Mit sieben Siegeln!
Blandine saß auf einem Stein
Und putzt ihr Hakenkreuzlein rein!
Am Untergrund der Panke
Die Schmiere kreist mit Satyrin,
Sie sticht dich in die Flanke!
Odo, Pebeco, Burgeff Grün!
Muh Muh
  Längs den Kapell'n
  Hörst du die Spatzen vom Dache gell'n:
  Müde bin ich geh zur Ruh!

Blandinchen saß auf einem Stein
Ohropax vobiscum!
Blandinchen kreuzte Bein mit Bein

Und schmetterte die Wacht am Rhein!
Als ob sie gänzlich toll wär!
Nick Carter springt herbei und
Zerkracht mit dem Revolver
Nen stummen Polizeihund
Huh Huh!
  Längs den Destill'n
  Hörst man die Engel vom Dache brüll'n:
  »Müde bin ich, geh' zu Ruhnke!«

(nach Walter Mehring)

RENÉ HERMANN MARKOWSKY

Chanson für die moralische Schauerbude

In der Mitte der Vortragskünstler, links von ihm eine rote Laterne, rechts ein erhobener Zeigefinger aus Gips.

Reden wir mal ganz natürlich von Vögeln
(und manche reden davon ziemlich oft),
plaudern wir hemdärmelig. Wie beim Kegeln.
Und dann werden doch Reime draus. Ganz unverhofft.

Abends besonders. Die Tram riecht nach Mennige,
die Mädchen nach Vorfrühling unterm Battist.
Sie kosten fünf Mark. Und die Veilchen fünf Pfennige.
Na gewiß. Wie dies Leben eben so ist.

Refrain:
Und ich weiß noch mehr so Sachen,
und das läßt sich alles machen,
jeden Tag ein Dutzend Sachen,
darin sind wir (d. h. bin ich) nämlich groß!
Tingeltangel, Tagesfragen –
alles läßt sich dazu sagen.
Denn die Technik, liebe Leute, denn die Technik ist famos!

Im März gehn sie alle mal auf die Straße.
(Die Vögel, versteht sich). Und dann wird gepickt.
Schon Primaner. Und in besonderem Maße
zeigen sich Spatzen beim Fallobst geschickt.

Sie sind die Hinterhofadler. Sie misten
die Gossen aus. (Und manche sind ziemlich breit),

Sie sind tüchtig. Und laut. Wie wir Aktualisten
leben sie tapfer vom Abfall der Zeit.

Refrain:
Denn das läßt sich alles machen,
jeden Tag ein Dutzend Sachen,
darin sind wir (d. h. bin ich) nämlich groß!
Vorm Café sind diese Spatzen,
im Café sind wir und schwatzen –
Diese Technik, liebe Leute, diese Technik zieht famos!

Mitspatz in Netzstrumpf und rutschendem Fähnchen,
komm mit ins Nestchen. Und mach mir mal Spaß!
(Sorgfältig sichtbar versteckt blinkt ein Tränchen
Fühlicht im sachlichen Cocktailglas).

Wem schmeckt es? Na, frag nicht viel! Komm schon,
du Muse!
Hinterhaus, drei Treppen, links. Ganz sozial.
Was interessiert, ist doch unter der Bluse.
(Das Herzchen auf Taille natürlich) –: Moral!

Refrain:
Sowas kann man immer machen,
halb zum Weinen, halb zum Lachen,
darin sind wir (d. h. bin ich) nämlich groß!
Blasse Redaktionsgesichter
wirken, scharf geschminkt, wie Dichter –
Denn die Technik, liebe Leute, denn die Technik
bleibt famos!

(nach Erich Kästner)

HANS REIMANN

Ansprache eines hundsgefährlich besoffenen Seemanns an den Portier des Niederwalddenkmals im Leipziger Rosental

Mein Gedächtnis ist vollkommen kaputt,
Darum träume ich egal von Schlangen.
Damals bei dem großen Blizzard in Connecticut
Wär ich bei einem Haare in die Wicken gegangen.

Aber ich habe mich wieder rausgebuddelt
Und weiter gekuddeldaddelduddelt
Und in Alabama seltene Briefmarken dressiert.
Dann habe ich im Stellinger Tierpark die Zebras kastriert
Und bei der Kati Kobus Roßhaare gezüchtet.
Oder gesammelt.
Und historische Schnupftabaksdosen geleimt,
Bis mich Fürst Wittgenstein in Gewahrsam nahm.

In Friedenszeiten hat sich das alles gereimt

Ja, und aus Migräne wird Senf gewonnen,
Den schmierte ich meinem Direkter auf die Krawatte.
Früher, wo ich noch einen Direkter hatte.

Jeder hat seinen eigenen Ringelklaps.
Man reiche mir einen achtkarätigen Ringelschnaps!
Wenn ich mal tot bin, setzt mir die Staatsanwaltschaft einen Katafalk
Aus Bulliongwürfeln. Und Muschelkalk.
Ich bin nämlich gar kein richtiger Seemann, ich tue bloß so.

Vierzehn Jahre saß ich in meinem Beerdigungsbüro
Oder anderswo.
Ich fühle meine Gedanken wie dürre Hühnerkacke
durcheinanderpurzeln.

Man wird seines Daseins nie ordentlich froh.
Ich bin nämlich aus Seifhennersdorf. Oder aus Wurzeln.
Das liegt in Sachsen und heißt eigentlich Wurzen.
Vielleicht liegt es auch im pazifistischen Ozean
Und ringsherum schwimmen die Zwiebelfische um
Korallenriffe.
Und beißen sich abwechselnd in den Schwanz.

Die Liebe ist doch kein Lehrerwahn.

Bloß den Reim auf Wurzen, den umsegle
Ich mit boshafter Konstanz.

Deutsches Mädchen – schiffe, schiffe!

(nach Joachim Ringelnatz)

WOLFGANG BUHL

Strahlungen

Dies diem docet

Paris, 23. September

Trete nach einem Teller Suppe wieder in diese sterile Materie ein, mit leichtem Zauder, wie dergleichen wohl immer die Fliehkraft der Anziehung zugesellt. Unter der Post ein Brief Friedrich Georgs, dem ein Gedicht von später Prismatik beiliegt. »Doch Homeride zu sein, auch nur als letzter, ist schön.«

Abends bei der Doctoresse, die mir das Hühnerauge vom 13. 9. entfernte. Weidete lange im Anblick des Präparats, um siamesischen Fäden nachzugehen. So hält man sich auf der Höhe der Geistigkeit.

Paris, 24. September

Tristitia. Fahrt zum Friseur in die Avenue Kléber, suspektes Wachstum beheben zu lassen. Dort über Makrozephalie, mit der Manicure später von Samson und Delila, wobei sich ein verhaltener Zug von Erfahrung in ihre Mundwinkel ritzte. – Urformen des Mutterrechts.

Erinnerte ein mot juste von Karl Kraus: »Friseurgespräche sind der unwiderlegliche Beweis dafür, daß die Köpfe der Haare wegen da sind.«

Leichte Verstimmung.

Paris, 25. September

Auf Wolken die Sonne. Trieb tagsüber chiroskopische Studien und möchte des Daumens (Duomen, Doumen, domare) Erwähnung tun, dem – wie d'Aspentigny nachweist – Symbolkraft amvohut: »l'animal superieur est dans la main, l'homme est dans le pouse«. Dahin auch das Daumenhalten und »den Daumen beißen«.

Gedanke: In Konkordanz zu bringen mit Kannibalismus?

*

Und abends den guten Kaffee.

Paris, 26. September

Briefe, in denen Hinterbliebene von Lesern schreiben, mehren sich. Erbaue mich auf subtiler Jagd in der Wanne und bringe eine fibra lavationis ein (Seife aus der Rue de Duras), an der ich Flossenbildung bemerke. Muß Dönitz darüber zu Rate ziehen.

Auch fernerhin in den Psaltern, vor allem Psalm 90, Vers 9: »Darum fahren alle unsre Tage dahin durch einen Zorn; wir bringen unsre Jahre zu wie ein Geschwätz.«

Doch geben die neuen Hosenträger Mut für weitere Geisteskämpfe, auch lassen sie Willensfreiheit.

Capriccio tenebroso: Der Waldarbeiter.

Paris, 27. September

Embarra de richesse.

Paris, 28. September

Rückfall des Hühnerauges vom 13. 9., deute das als Wiedergeburt im Geist des Novalis, freilich mit luziferischem Einschlag.

Früh zu Picasso. Finde dort M., der im Ruche der Männerminne steht; abscheulich. Gespräch über die Anarchie des Beistrichs seit Henri Bergson, gebe die Bedeutung des Nullpunkts zur Replik, über dessen Struktur sich der Hausherr verliert.

Mittags Sardinen, dann in den Elysäischen Gärten, die ich bei schönem Flor finde. Im Halbschlaf auf einer Bank lebhaft mit Großvater Dominik kommuniziert, was Ausblick auf Unaussprechliches geben sollte.

*

»Tous les genres sonst bons, hors le genre ennuyeux.« Einer der Irrtümer Voltaires.

*

Nachts Träume. Sah mich in einer Leimfabrik, die wilden Urworte der Menschheit abtragend, dann dazu verurteilt, meine Quisquilien ins Unermeßliche fortzusetzen. Erwachte durch ein dämonisches »Sauve qui peut!« der alten Portiersfrau. Doch schrieb ich das starker Einbildungskraft zu.

*

Berufswunsch: Seifenkistlfahrer.

Paris, 29. September

Der Transport des Frühstücks bereitet Schwierigkeiten, weil keine Verpackungsstoffe zur Hand. Greife nach diesem Album, an Plinius den Älteren denkend (bei Pl. d. J. ep. III, 5, 10): »Nullus est liber tam malus, ut non aliqua parte prosit.«

Sed non possumus...

*

Ja – der phototropistische Stil!

*

Nachmittags im Friedhof Batignolles, wo ich alle Hoffnung begrub, jemals wesentlicher zu werden. Verweilte am Grabe Verlaines, das eine Viola odorata L. schmückte. Brach mir ein Stenglein davon.

Kleines Streiflicht: Nicht jeder Dichter hat nach sechzig Jahren noch Blumen auf seinem Grab.

(nach Ernst Jünger)

ARMIN EICHHOLZ

Rück-Strahlungen

Tagebuchnotizen

11. 5. Viele Tage nichts geschehen. Ich zwinge mich wieder zu dieser kleinen Anstrengung, mit dem einzigen Zweck, für die feinen Schwingungen meiner Umgebung aufnahmefähig zu bleiben.

Der Juckreiz an der linken Fußsohle beginnt nachzulassen, wie wohl jede Reizung bereits den Keim des Nachlassens in sich birgt. (Jene bemerkenswerte Stelle bei Hemingway, wo sie »Oh, Henry, nein!« sagt.)

Geträumt: seit 438 vor Christus in den Lagern. Trost erst nach Christus, im Psalm 79 Vers 8: »Herr, gedenke nicht unserer früheren Missetaten und erbarme dich unser bald, denn wir sind sehr dünn worden.«

Mittags Blumenkohl

12. 5. Entzückende Albernheiten in Goethes »Iphigenie« entdeckt: Interpunktion stellenweise doch recht fragwürdig, auffallend die Vermeidung des Wortes »gelb«.

Im Magen angestaute Luft mit einem gewaltigen Stoß unversehens nach oben entwichen. Per aspera ad astra, besser vielleicht: in tenebris comprimor – in luce explodo. Doch spielt Willensfreiheit mit ein.

Besuch von H., die mir eine Bellis perennis mitbrachte, ein besonders prächtiges Exemplar, wie ich es, glaube ich, zum letztenmal in Kritschew am 19. September 1941 nachmittags um halb vier Uhr gesehen habe.

Würde diese Eintragungen lieber auf unliniertem Papier schreiben; die Zeilen irritieren durch lästige Assoziationen wie »auf den Strich gehen« und »zwischen den Zeilen lesen«.

Gedanke: ohne Mund könnte man nicht essen.

13. 5. Abgebrochenen Bleistift gespitzt, ein immer wieder bezauberndes Erlebnis künstlich herbeigeführter Bereitschaft. Ich habe nichts für Rousseaus »Retour à la nature« übrig, ebenso scheint mir Erhards Liberalkapitalismus eine rückschrittliche Parole zu sein. Innigen Trost beim Anblick einer Musca domestica, die über den Tisch eilt; in ihren Bewegungen eine beglückende Verbindung zwischen Irina Kladiwowa und einem Panzer 3.

Beobachtung, daß die für den Export bestimmten Flaschen mit Thomas-Bräu-Bier von einigen Gästen wegen des amerikanischen Etiketts bevorzugt werden. Submariner Zusammenhang Thomas Bräu – Thomas Mann?

Am 11. 5. nach dem Wort »Blumenkohl« den Punkt vergessen.

14. 5. Die betrübliche Bedeutungslosigkeit dieser Notizen darf mich nicht abhalten, Seite um Seite gewissenhaft zu füllen, denn gerade in einer trostlosen Landschaft halten sich die subtilsten Gedanken verborgen.

K. S. von R. gelesen, ganz ausgezeichnet, vor allem P., der mich sehr an W. erinnert. Schade, daß F. nicht hier ist, er könnte zu P. manches ergänzen, was er von A. über ihn erfahren hat. Aber F. scheint bereits in O. zu sein, um sich mit N. zu treffen. Die arme N.

Haare auf den Zähnen, insofern, als beim Zähneputzen zwei Borsten hängengeblieben sind. So ändert sich der Charakter im literarischen Raum. Solche plötzlichen Mutationen werden von der Kaste der Schreiber viel zu wenig beachtet. Unverständlich, daß zum Beispiel Janna du Coeur von Albrecht Schaeffer ihren Charakter über 483 Seiten beibehält, oder daß Claudels Donna Proëza 37 Aufzüge lang die gleiche Gestimmtheit besitzt.

Frisches Taschentuch, am alten zu viel Tomatensoße.

Beobachtung: Persifleus du mal umranken das Exemplarische meiner Existenz.

15. 5. Ich finde die soziale Frage langweilig und gerate über die Zeile »Gicks und gacks, gacks und gicks« von Weinhebers »Kammermusik« in größere Erregung als über das soziale Millionenprogramm.

Synthetische Erzeugung keimfreier Gedanken durch präzise Syntax mit auswechselbarem Inhalt, beispielsweise: »Wer sich selbst kommentiert, begibt sich unter sein Niveau«, oder »wer sich selbst nivelliert, begibt sich unter seinen Kommentar«, oder »wer sich selbst begibt, kommentiert sich unter seinem Niveau«. Auch vergesse man nicht, bedeutende Aussagen mit »So« einzuleiten: So behält das »Auch« seinen Reiz.

Abends bei H. zum Essen. Sauerkraut muß mindestens anderthalb Stunden lang kochen, damit es schon beim erstenmal einen aufgewärmten Geschmack erhält. H. erweist sich darin als Großmeisterin.

(Bedenken gegen den Ausdruck »aufgewärmter Geschmack«.)

Sehr kluge Bemerkungen zur Interpunktion der »Iphigenie«, auch machte sie mich auf den unvergleichlichen Glanz des Wörtchens »und« aufmerksam, der mir bisher entgangen ist.

Gewissen Vorgängen eine Formel geben und sie nach Art einer chemischen Reaktion darstellen. (Man applaudiert auch im Dunkeln.) Beispiele:

Efeu + N (das »N« der Nationalisten) = Enfeu = en feu

Rauchfleisch – R (das »R« der Realität) = auchfleisch = auch Fleisch

Solon + G (Das »G« der Geduld) = Solong = »so long!«

17. 5. Ich muß mich entschließen, den gestrigen Tag für ungültig zu erklären, da ich dieses Heft verlegt hatte. Das

Bonmot über die Liebespaare in den modernen französischen Stücken ist mir inzwischen entfallen.

»Jetzt wissen Sie mehr über mich als ich selbst«, sagte der Enkel von Richard Strauß zu seinem Interviewer. Eine der tiefgründigsten Erkenntnisse über das Wesen des Journalismus; vielleicht müßte man zwei Journalisten sich wochenlang gegenseitig interviewen lassen, um zu den letzten Wahrheiten dieser Welt vorzustoßen.

Mit dem Zahnstocher endlich einen seit Tagen eingeklemmten Speiserest entfernt. H. meint, es handle sich um eine Faser der Brassica oleracea botrytis (Blumenkohl vom 11. 5.). So tragen wir alle die Vergangenheit mit uns.

(nach Ernst Jünger)

ROLF SCHNEIDER

Die Zwiebackmagd

Wenn gelb im Stall die Funzel blakt,
Vom Sumpf her Frosch und Grille schnakt.
Die Dommel hinterm Schilfe pfeift.
Der Knecht zum Kummetholze greift.

Dann glimmt im Haus die Glut vorm Herd,
Der Sturm schwarz über Felder fährt,
Dumpf an die Mauer schlägt das Tor,
Und heunachtdunkel schwankt das Moor.

Die Unke unkt im Unkenpfuhl.
Der Schnitter schläft in seinem Stuhl.
Seimhonighell fällt Abendglast,
Die Birne schwankt am mulschen Ast.

Der Ofen schnukt, das Kienholz knackt,
Die Magd die Kornmehlkiepe packt.
Die Kiep ist schwer, sie geht gebückt,
Die Uhr im Zimmer müder tickt.

Die Magd zerreibt zu Staub Muskat,
Hagbuttenzucker, Ulmenblatt,
Läßt Kuhmilch ein, noch zitzenwarm.
Und mengt im Trog mit weißem Arm.

Im Tiegel golden Butter fließt,
Geruch sich süß ins Zimmer gießt.
Den Fladen färbt das Flammenblaun
Walnußbaumspindholzdunkelbraun.

Wenn gelb im Stall die Funzel blakt,
Die Magd den Butterzwieback backt.
Im Kachelloch ihr Sehnen wohnt,
Und zwiebackgolden scheint der Mond.

(nach Peter Huchel)

ARMIN EICHHOLZ

Un-Fuge

»Sah ein Knab' ein Röslein stehn«, lautet die erste Zeile eines Liedes »Heidenröslein« von Johann Wolfgang von Goethe. Was hat sich Goethe eigentlich dabei gedacht, als er das Lied mit solchen Worten beginnen ließ?

Sah

Die Philosophie, die das Anwesende auf sein Ansehen hin besieht, sieht in diesem Imperfekt des Sehens das Präsens des Wissens, in welcher Präsenz das Gesehene präsent ist. Sehen wird hier als Vor-sich-haben im Gegenüberstellen eines sinnlich Wahrgenommenen gedacht. Die Art des gedachten sinnlichen Vor-habens west an in dem ah, als welches es von dem s ge-aht wird. In diesem Ge-ahten aht das ah bereits als das versehentlich bej-ahte Aha.

ein Knab

Der anwesende Knab', im Wagnis seiner dumpfen Lust schutzlos ins Offene gehalten (Rilke), west im Gegenüberstellen als ein Wesen, das von dem von ihm zu Sichtenden im Willen zum Willen gewillt wird. Wer so wild west, kann auch als Abwesender durch Unwesen das eigene Anwesen verwesen. Wes Wesen wesentlicher west, weeste erst, wenn er gewest ist. Der Knab' beknab'ert das erst zu Sichtende als das schon Gesehene, und zwar nicht zu knap'. Sein gesehenes Seiendes ist also ein angeknab'ertes Sein, dessen Wesen innerhalb der Metaphysik nicht als das Seine zu erfahren ist. (L'Inconnue de la Seine.)

Das ′von Knab steht als ′-haftes ins Offene zu einem ∪, und was vom Dinghaften des Dings gilt, das gilt auch vom

'-haften des ' und vom ◡-haften des ◡: das eine '-t und das andere ◡-t vor sich hin, und in diesem Vor-sich-hin-'◡ en wird zweideutig das gegenwärtig in der Unverborgenheit Anwesende ins Offene gehalten, so daß es jeweils zusammenwesend in der Sicht steht. Das je-weilige Gesicht weilt seine Weile '-weilig im ◡ oder ◡-weilig im '.' im ◡ und ◡ im ' '◡-en solange '◡-haft im '◡-lichen '◡, bis '◡ ◡' wird, ◡' '◡ und ◡◡◡◡ '''' ....

ein Röslein

Und was ist in Wahrheit das Röslein, sofern es ein Röslein ist? Was an dem Aus-sich-heraus-röselnden so aussieht wie das Rösleinhafte im Sinne des ge-läufigen Rösleinbegriffes, das ist, vom zu Be-röselnden her erfahren, das Bröselnde, also das durch die Öse gebröselte Rösleinbrösl. Das Röslein-sein dieses Ösenbrösls öffnet sich in die Offenheit des Offenen, so daß das zerbröselte Röslein im offenen Ofen röslt und als solches ein Geröstetes wird.

stehn

Stehn ist hier als Imstande-sein zu verstehen, anständig der Stätte des ständigen Standes vorzustehen. Die verständlichste Art dieses Vorstehens ist unter Umständen der Ständer, wegen dessen Beständigkeit ein gestandener Verstand von allen Standarten mit Abstand am wenigsten Anstände hat. Da nicht zu befürchten steht, daß durch ein abgestandenes Geständnis Mißverständnisse entstehen, sei noch der unmißverständliche Mißstand eingestanden, daß das Über-sich-hinaus-stehende selbständig in das Offenstehende als solches gestanden wird. Auch dieser Umstand hat seinen verborgenen Grund in der metaphysischen Grundstellung Goethes.

* *
*

Wenn wir uns also an das halten, was aus der Sprache zur Sprache gekommen ist, dann besagt der ins Offene gewendete Spruch

»Sah ein Knab' ein Röslein stehn«

offen gesagt:

»Aha, einer beknab'ert ein Geröstetes stehend«

Der verweste Spruch des mit Fug und Recht nicht anwesenden Goethe bedeutet, daß dessen Anwesen in das Abwesen verfugt wurde. Was dem Anwesenden gehört, ist der Fug. Ein Spruch, aus dem Sein als Anwesen gedacht, ist der fugend-fügende Fug. Sprüche, aus dem Sein in die Verwesung gedacht, gehören zur Un-Fuge, sind der Un-Fug.

(nach Martin Heidegger)

KURT BARTSCH

Aal grün

Oskar, der Matzerath hieß, Blech trommelte, Blech redete, Blech auch bedichten wollte auf frommem, unschuldsweißem Papier, das nachgab, die Tinte und Oskars Finger gewähren ließ, evangelisch wurde, dem Katholizismus wegen der fälligen Beichte abschwor, dann nicht mehr fromm war und unschuldsweiß nur am linken, unbeschriebenen Rand – Oskar hatte die Schreiblust gepackt. Er schrieb vielfingrig, tauchte erst fünf, dann zehn Finger in jene Öffnung, die, obwohl oft und ausgiebig berührt, unberührt blieb, seine Lust nicht erwidern wollte, bis Oskar sich seines elften, besonderen Fingers besann. Er knöpfte, riß an der Hose und holte hervor, was ihn zum Mann stempelt: einen Aal, Zitteraal, Aal von der Seeschlacht im Skagerrak, Aal von der Hafenmole Neufahrwasser, Karfreitagsaal, Leichenaal, Aal von deinem Aal: den man in Tinte taucht, um ihn auf weißem, unberührtem Papier laichen zu lassen.

Was Oskar, das Tintengefäß mit dem kalten lustlosen Loch in der linken, den Aal in der rechten Hand, für weise Zurückhaltung hielt, füllte in einer Woche zweitausend Seiten, verlief sich, gab sich im Anfang als Handlung aus, wurde dann trocken und gebar immer von neuem Aale.

Man kann einen Roman, in dem es von Aalen wimmelt, Aale Gestalt annehmen und Briefträger werden, die statt der fälligen Amtsschreiben Aale in die Briefkästen werfen, nicht mit Romanen, die keine sind, weil in ihnen nur Möwen vorkommen, vergleichen oder ihm vorwerfen, daß Aale sich leichter in Fäden, Knäuel und später in eine Masche verwandeln lassen als etwa Flundern. Aale sind schleimiger als, haltloser als und verwandeln sich unter der Hand in Trommel- und Schlagstöcke, die auf Hinterköpfen taktloser Demonstranten, zwei links, zwei rechts, als äußerst musikliebend sich ausnehmen und gemeinsam mit anderen Aalen eine Partei gründeten: die Sozi-Aal-Demokraten.

Weil Oskar aalergisch war gegen alles, was Netz hieß und nicht nach der eigenen, langläufigen Masche gestrickt war, schimpfte er Brecht einen Gemüsehändler, der weder an die Kartoffel noch an den Wirsingkohl glaubte und sich dennoch als Gärtner, Naturfreund und Vegetarier ausgab. Hinzu kam, daß er, Brecht, den dialektischen Materialismus nicht lassen konnte, was Oskar bewog, in die Re-Aal-Politik überzuwechseln und Blech gegen Rotkehlchen, Rotkäppchen und rote Grütze zu trommeln.

Natürlich war Brecht nicht auf Anhieb zu übertönen, aber Oskar, der indessen Aal grün speiste, um dem Rot aus dem Wege zu gehen, gab sich zuversichtlich, indem er meinte: eines Tages wächst Grass drüber.

(nach Günter Grass)

KURT BARTSCH

Zettels Zeddel

Grenzübergang Prinzenstraße: die Nacht pecht schwarz; Scheinwerfer lichtbündeln Eisweißes; Schneelicht; Sternlicht; im Stacheldraht haucht es hawaien. Ein Volk, ein Raum, ein Raumteiler; kein Führror (gottlob!, wenn man von FJS, dem krachledernen Stammtischpolitiker ausm Gau Oberammer mal absieht). Die Mauer also: (»Horch was kommt von draußen rein?«) (Iche). Nach zwanzich Meter tastend-testenden Schritts bildet sich mir etwas Uniformes: Heinzelmännchens Wachparade (Krachparade: von wegen!); ein pickliges Jüngelchen, obeinig obendrein, nimmt mützegrüßend von mir Gewahr.

»Ihr Reisedoggument und Führerschein ...» (!): (Also doch?!) Der mich soeben Angesprochenhabende kriegt sächsisch Verlangtes von mir gereicht. (Promptest!) Üb immer Treu und Rötlichkeit. (Potsdam, der olle Fritz). (C'est la guerre!) Von Potsdam nach Crimmitshow: Café-Saxe: würden die Wiener (Schlawiener) sagen. (Überhaupt: Österreich! Die halten sich nu fürn kulturellen Feldherrnhügel. Die Haiden!) (Schlamm drüber). Ich stehe wie bestellt und freue mich: daß ich nicht abgeholt werde. Verhör: man kennt das ja: Bajonett rein, Fuß ran, raus. Oda midm Kardoffelscheela. (Bayernkurier). (Stimmts, Herr Neandertaler?)

Sachsenscheiße grüßt Preußenpisse: »Se gönn gähn.« Brüderlich-westerlich wohlgönnend: er. Ich: volksam. (Wir wollen sein ein eineiig Volk undsoweiter). Die Mauer steilt; Mondtotenlicht; zerblitztes Museum: deutschteutsch: Mauer reimt sich auf Adenauer. Obwohl ich von Lürick ansonstemang Pickel kriege. (»Das Klima in Lima ist prima«:

lasse ich gelten). Eventuellchen. Und ab: zur Zollbaracke. Die Fahne schwarz-rot-mostrich stottert am Mast-Darm.

»Ham Se Waffen? Druggschriften? Munition?« (man beachte die Reihenfolge!) Während mein indessener Kopf verneinend geschüttelt wird, zeigt uniformierter Zollstock (Höhe: einsneunundachtzich) auf mein interneres Mantelgetäsch: »Was isn das forn Zeddel?« Ich, harmlos: »Notizen. Ich bin...«: beinahe hätte ich Schriftsteller gesagt. (Wallhall: die Gipsköppe lassen grüßen!) »Deutschlehrer«, sagt er, »säh ich mid eenem Bligg.« (Blitz! fährt es durch mein Gedenk). (Deutschlehrer!!) Der Zöllibutler, während er seinen pencil durchlädt: »S'nächste Mal lassen Se de ungorrigierdn Schuluffsätze gefälligst daheem.« (Wörtlich!) Ich bin in Sibirien hierorts. Wolfsgeheul, näherkommend. BILD war dabei. (»Se gönn gähn.«) (Gähnen wir also).

(nach Arno Schmidt)

KURT BARTSCH

Letztes-vor-dem-allerletzten-Lied

Ein letztes Lied, dann hat sichs ausgewichst – –
Die Laken halbmast flaggt! Zeigt her die kecken
Spuren des Monatsbluts, die Spermaflecken!
Die Genitalien werden aus-ge-ixt.

Und blässer werdend, schließlich ganz verblassend:
die Zungenspitze, rot von Agitprop–!–
Die guten Geister, Lyrik einst verfassend,
verschmähen meinen durch-und-Durchschnittskopp.

Hoi barbaroi, jetzt senst er meine Eier
mit seiner Sense weg, der Himmelslude –:
Ein Ei von Rühmkorf, eins von Leslie Meier;
Hamburger Jungs, geborn in Pimmelshude.

Die Reeperbahn! – Die nudeldicken Dirnen,
gefüllt mit Lust und Lues . . . . . . Höllenhefe
läßt ihre Titten schwelln zu Abrißbirnen –
Ja, wenn es *das* wär, was den Welt-Ball träfe!

Sanglos und klanglos, trotz der Wortgewölle,
zerplatzt er wie ein Fromms; welch Schlamm,
welch Schleim,
in dem ich sitze und für alle Fälle
mir einen runterholte, einen Reim.

(nach Peter Rühmkorf)

KURT BARTSCH

Bruch

Die Ordnung zerbricht, der Staat;
Rohrbruch; die brechenden Herzen;
das Glück bricht, das Glas, ich bitte
mich jetzt nicht zu unterbrechen;
der Luxus bricht aus, na wenn schon;
zerbrecht euch nicht meinen Kopf;
Bruchlandung; schade, ich breche
in Tränen aus, brechenden Auges;
in Lachen auch, heiser und brüchig;
zu neuen Ufern breche ich auf,
ununterbrochen, bis zum Erbrechen;
brecht ruhig den Stab über mich;
Wortbruch; das Ende bricht an;
der Vers bricht, die Stimme mir auch;
willkommene Unterbrechung;
ich breche ab, breche auf,
ungebrochen; immer der Eure
wünsche ich Hals- und Beinbruch.

(nach Hans Magnus Enzensberger)

WOLFGANG BUHL

Camp bei Nacht

Ich allein ertrage dich, Grützkopf,
kosmischer Kalauer,
verhängt vom besudelten Latz.
Kotgeier, Hundetier und lächelnder
Schöps.

Ludwig Meidner

Der Mond, ein schlieriger Hoden
zwischen den Beinen der Welt,
im Schamhaar der grünen Schoten
schaukelt er über dem Zelt.

Auf dem Dach der Latrine
rekelt sich ranziges Hell,
ein Stern zerplatzt im Urine
wie ein verirrtes Schrapnell.

Schleichen die Trampelpfade
Schatten hin und zurück,
am klirrenden Stacheldrahte
quietscht Melancholik.

(nach Günter Eich)

KURT BARTSCH

Halbzeit

Das war ein ganz verdammt und zugenähter
Moment für diesen Stern, als nichts verfing
und ihm letztendlich doch die Luft ausging
wie einem Fußball. Aber davon später.

Das Ende: schmachvoll. Und so geht es weiter:
Im Schutt des Stadions grünt ein erster Halm.
Nach all den Qualen und nach all dem Qualm
ein Anblick schön und ausgesprochen heiter.

Sechstausend Jahre müssen jetzt vergehen
bevor der Menschheit, fraglos unverdient
der Rasen wieder und die Hoffnung grünt.
Was dann geschieht? Wer weiß. Wir werden sehen.

An einem Samstag, so ist zu vermuten
um 15 Uhr (die Uhren gehen wieder)
ertönen dann die guten alten Lieder
im Rund des Stadions, dem neuen guten.

In diesem wunderbaren Augenblicke
betritt den Platz ein andrer Rummenigge.

(nach Ror Wolf)

KURT BARTSCH

felt futsch

fom fleck feg
fald und fiese
feltuntergang
feltuntergang
fen ferd ich
fohl fiedersehn
feltuntergang
feltuntergang
for fier fochen
far feltuntergang
wortsetzung folgt

(nach Ernst Jandl)

PETER ORTHOFER

(Brief an den Minister)

He, Sie da!

Lümmeln Sie nicht so faul hinter Ihrem Schreibtisch! Was soll das Glotzen, los, lesen Sie schon! Oder können Sie nicht lesen? Sie Schreibstubenhengst! Lesen Sie, was ich geschrieben habe! Beurteilen Sie es! Aber Sie können ja höchstens verurteilen! Das können Sie gut. Sie Tintentreffer! Haben Sie in Ihrem ganzen Leben je etwas anderes gesehen, als Tinte? Schauen Sie doch hinab auf Ihre Finger, ist das Blut was da klebt, oder Korrekturtinte? Haben Sie mit diesen Wurstfingern getötet – eigenhändig, oder durch Erlaß? Natürlich haben Sie! Töten können Sie und zensurieren! Mit einem Federstrich eine Existenz auslöschen! Zählen Sie einmal das Geld in ihrer dicken Brieftasche! Was hat es Ihnen eingebracht? Werfen Sie den Schandlohn doch aus dem Fenster! Merken Sie denn nicht, daß Sie ein Hahnrei sind, der eine Hure bezahlt? Ein gedungener Mörder an der Literatur?

Erbaut Sie das Knirschen meiner Gedärme, liebster Mann? Freut Sie mein Hunger? Weiden Sie sich am Bellen meines Magens? Rücken Sie doch die Moneten heraus, Sie Kulturschwein! Und wenn Sie Mut haben, schauen Sie in den Spiegel! Was sehen Sie im Spiegel? Mich! Deshalb haben Sie Angst! Sie mögen die Dichter nicht, weil sie Ihr Gesicht beschreiben! Den Spießbürger, dem das Fett aus den Augen quillt! Weil die Dichter solange provozieren, bis sie selber fett sind. Sie wollen die Kaste der Fettsüchtigen verschlossen halten, Sie wollen mir meine schlanke Linie erhalten! Aber ich bin nicht dumm genug für Sie! Ich liege nicht auf den Knien, auf die Sie mich zwingen wollen! Ich schreibe keine Bettelbriefe! Ich sage Ihnen, daß Sie eine Drecksau sind! Solange, bis Sie die Augen niederschlagen und mich korrumpieren! Eine Drecksau hackt der anderen kein Auge aus!

Sie haben die Juden vergast, nicht ich! Aber Sie haben an den Goldzähnen nicht soviel verdient, wie ich an den Gags darüber! Wir sind eine neue Generation! Her mit dem Geld oder Sie bekommen mit der Rhythmusgitarre eins über den Schädel, Sie verwester Büroleichnam. Haben Sie noch immer nicht begriffen, Sie müssen mit der Zeit gehen! Die Zeit will, daß man ihr ins Gesicht spuckt! Ich habe genug zur Verfügung! Genug, solange die Leute dafür bezahlen! Und was sollten sie sonst tun? Die Zeit ist zu human! Der Pranger ist abgeschafft, keine öffentlichen Auspeitschungen mehr, keine Hinrichtung vor versammeltem Volk bis daß der Tod eintritt. Das einzige Schauspiel, das ihnen bleibt, ist ihre eigene Erniedrigung. Dafür zahlt der kleine Sadist, weil er denkt, es gilt dem kleinen Sadisten neben ihm! Wer sich in Gefahr begibt, kommt nicht darin um, weil er zu dumm dazu ist.

Ziehen Sie die Geldkatze, alter Fettwanst! Spielen Sie Großzügigkeit! Spielen Sie Unverletzbarkeit! Schimpfen Sie mit auf sich selbst! Verbinden Sie Ihre List mit meiner Klugheit, Sie aufgeblähter Hanswurst! Nehmen Sie mich von der heiteren Seite, finden Sie mich originell, sonst müssen Sie zugeben, daß ich es ernst meine! Nehmen Sie meine Worte als Literatur, statt als Richtspruch! Legen Sie eine künstlerische Absicht hinein, dann treffen Sie nicht! Und rücken Sie endlich die Moneten heraus, Sie Poppanz, Sie lusitanischer! Sie Schlappschwanz, Sie verkappter Lustmörder, Sie Mutterschänder, Sie…

Also, nicht lange gefackelt, her damit, Sie aufgegeilter Papierfertiger! Und

(An dieser Stelle folgt eine hervorragende Auswahl aus dem deutschen Schimpfwörterlexikon, die wir aus Copyrightgründen nicht abdrucken dürfen.)

(nach Peter Handke)

PETER WAWERZINEK

Mamis Assi

Sie denkn, ich ahn nix, daßn Assi und Mami raufrunter machen jede Nacht. Echtn Ding. Habs selbst gesehn durchn Loch inner Wand. Abber ich halt dicht, Mama! Nix vom rauf und nix vom runterrauf. Un Papa wieder mitm Piffpaff Nachtwachen. Ha. Man, ich laß euch schrein un den Assi och, weils kein Bulle is wie Papp, die grüne Spinne. Wenn der wüßte, was der versäumt beim Nachtwachen, wenner Streifen geht mitm Fahndungssiegfried, den kann keiner leiden. Wenn der Siegfried da is, soll ich immer mitm Siegfried Geiseldrama speiübel wird mir. Siegfried stinkt. Ich spiel trotzdem mitm stinkenden Siegfried und denke ans raufrunter von Mamassi. Raufrunterrauf FÜR UNSRE ZUKUNFT UND DIE DER KINDER runterraufrunter, sagt der Assi und ich gloobs ihm. Wenn Papp dienstreist kommt der Assi mitm Koffer. Da hat er Pornos drin, schwedisch und versaut. Ich seh immer Mamassi. Auf allen Bildern. Raufrunter. Runterrauf. KISSEN KUSCHELN KÜSSE.

Von den Pornos darf Papp nichts wissen. IM NAMEN DES VOLKES den Arsch würd er mir, Scheißleuteverknakker. Alles, was echt is. Assi isn Typ. Der hat Haare aufm Rücken. WAU Bauch Arme sogar am Podex. Uff de Fingernägel sowieso. Mami schreit immer KOMMDUTIER. Neben dem isse Rotkäppchen, die mit ihr er roten Haut. Mami is gut! Das kommt vom Säuredings, sachte se mal. Papp würd sich innen Hintern, wenn der wüßte. Von mir erfährt der nichts. Der schläft mit der Partei, sacht der Assi. Ich gloob das dem. Der kooft mir im Shopp nen Metschboxer, hatter versprochen. Abber nur wenn ich dichthalt.

Na wo denktn der hin der Asssider!?

(nach Ulrich Plenzdorf)

HANS WALD

Schädelbasislektion

Was du pißt stell an den Rand
Deiner Halluzination vom Leichtsinn
Zwischen Stammtisch und Bier
Ohne Drogen läuft nichts
Unterm Nachthemd hervor
(Kleines Hirn hin, starres Hirn dort)
Sich öfter mal bücken gibt Reime
… Kopffundamentalunterricht

(nach Durs Grünbein)

HANS WALD

Nachwort

Scherz (I), Satire (II), Parodie (III) – und tiefere Bedeutung, sprich: ad libitum (IV)

I: *Scherz*

Die Literatur über den Scherz und das Scherzhafte ist heute fast unübersehbar; es scheint aussichtslos, in diesem Durcheinander von sich widersprechenden Meinungen zu einer fruchtbaren Verständigung zu gelangen. Divergieren doch schon die Ausgangspunkte der Frage in hoffnungsloser Weise, so daß keine Einigung darüber erzielt werden kann, was eigentlich scherzhaft sei. Die einen suchen auf rein begrifflichem Wege diese Kategorie so eindeutig und faßbar festzulegen wie möglich; aber der Reichtum der Erscheinungen, wie er uns bereits in der Geschichte des abendländischen Scherzes entgegentritt, widersetzt sich einer solchen gewaltsamen, allzu künstlichen Begriffsbildung. Die anderen wollen den Begriff des Scherzhaften weit und unbestimmt lassen, damit das Verschiedenste darunter Platz findet. Aber dadurch droht er leer und nichtssagend zu werden, so daß es besser scheint, ganz auf ihn zu verzichten und sich nur an die Erscheinungen zu halten, in denen das Scherzhafte direkt oder indirekt zu uns spricht. Aber welcher Art sind diese Erscheinungen? Darf man sich auf die Geschichte des Scherzes beschränken? Greift nicht der Begriff des Scherzhaften weit darüber hinaus, verbindet er sich nicht mit den verschiedensten philosophischen Systemen und Weltauslegungen? Dann aber ist er vom Ästhetischen allein aus nicht zu fassen, gerät jedoch damit in Gefahr, vollends zu entgleiten, der konstruierenden Willkür überlassen, so daß er sich in der Anschauung nicht mehr sättigt. Das Wort ›scherzhaft‹ wird zu einem Fetisch, dessen Zauberkraft dort am wirksamsten scheint, wo sich die Rätsel unseres irdischen Daseins nicht mehr auflösen lassen.

II: *Satire*

Die Literatur über die Satire und das Satirische ist heute fast unübersehbar; es scheint aussichtslos, in diesem Durcheinander von sich widersprechenden Meinungen zu einer fruchtbaren Verständigung zu gelangen. Divergieren doch schon die Ausgangspunkte der Frage in hoffnungsloser Weise, so daß keine Einigung darüber erzielt werden kann, was eigentlich satirisch sei. Die einen suchen auf rein begrifflichem Wege diese Kategorie so eindeutig und faßbar festzulegen wie möglich; aber der Reichtum der Erscheinungen, wie er uns bereits in der Geschichte der abendländischen Satire entgegentritt, widersetzt sich einer solchen gewaltsamen, allzu künstlichen Begriffsbildung. Die anderen wollen den Begriff des Satirischen weit und unbestimmt lassen, damit das Verschiedenste darunter Platz findet. Aber dadurch droht er leer und nichtssagend zu werden, so daß es besser scheint, ganz auf ihn zu verzichten und sich nur an die Erscheinungen zu halten, in denen das Satirische direkt oder indirekt zu uns spricht. Aber welcher Art sind diese Erscheinungen? Darf man sich auf die Geschichte der Satire beschränken? Greift nicht der Begriff des Satirischen weit darüber hinaus, verbindet er sich nicht mit den verschiedensten philosophischen Systemen und Weltauslegungen? Dann aber ist er vom Ästhetischen allein aus nicht zu fassen, gerät jedoch damit in Gefahr, vollends zu entgleiten, der konstruierenden Willkür überlassen, so daß er sich in der Anschauung nicht mehr sättigt. Das Wort ›satirisch‹ wird zu einem Fetisch, dessen Zauberkraft dort am wirksamsten scheint, wo sich die Rätsel unseres irdischen Daseins nicht mehr auflösen lassen.

III: *Parodie*

Die Literatur über die Parodie und das Parodistische ist heute fast unübersehbar; es scheint aussichtslos, in diesem Durcheinander von sich widersprechenden Meinungen zu einer fruchtbaren Verständigung zu gelangen. Divergieren doch schon die Ausgangspunkte der Frage in hoffnungsloser Weise, so daß keine Einigung darüber erzielt werden kann, was eigentlich parodistisch sei. Die einen suchen auf rein begrifflichem Wege diese Kategorie so eindeutig und faßbar festzulegen wie möglich; aber der Reichtum der Erscheinungen, wie er uns bereits in der Geschichte der abendländischen Parodie entgegentritt, widersetzt sich einer solchen gewaltsamen, allzu künstlichen Begriffsbildung. Die anderen wollen den Begriff des Parodistischen weit und unbestimmt lassen, damit das Verschiedenste darunter Platz findet. Aber dadurch droht er leer und nichtssagend zu werden, so daß es besser scheint, ganz auf ihn zu verzichten und sich nur an die Erscheinungen zu halten, in denen das Parodistische direkt oder indirekt zu uns spricht. Aber welcher Art sind diese Erscheinungen? Darf man sich auf die Geschichte der Parodie beschränken? Greift nicht der Begriff des Parodistischen weit darüber hinaus, verbindet er sich nicht mit den verschiedensten philosophischen Systemen und Weltauslegungen? Dann aber ist er vom Ästhetischen allein aus nicht zu fassen, gerät jedoch damit in Gefahr, vollends zu entgleiten, der konstruierenden Willkür überlassen, so daß er sich in der Anschauung nicht mehr sättigt. Das Wort ›parodistisch‹ wird zu einem Fetisch, dessen Zauberkraft dort am wirksamsten scheint, wo sich die Rätsel unseres irdischen Daseins nicht mehr auflösen lassen.

IV: – *und tiefere Bedeutung, sprich: ad libitum*

Die Literatur über der/die/das ( ) und das ( ) ist heute fast unübersehbar; es scheint aussichtslos, in diesem Durcheinander von sich widersprechenden Meinungen zu einer fruchtbaren Verständigung zu gelangen. Divergieren doch schon die Ausgangspunkte der Frage in hoffnungsloser Weise, so daß keine Einigung darüber erzielt werden kann, was eigentlich ( ) sei. Die einen suchen auf rein begrifflichem Wege diese Kategorie so eindeutig und faßbar festzulegen wie möglich; aber der Reichtum der Erscheinungen, wie er uns bereits in der Geschichte der/des abendländischen ( ) entgegentritt, widersetzt sich einer solchen gewaltsamen, allzu künstlichen Begriffsbildung. Die anderen wollen den Begriff des ( ) weit und unbestimmt lassen, damit das Verschiedenste darunter Platz findet. Aber dadurch droht er leer und nichtssagend zu werden, so daß es besser scheint, ganz auf ihn zu verzichten und sich nur an die Erscheinungen zu halten, in denen das ( ) direkt oder indirekt zu uns spricht. Aber welcher Art sind diese Erscheinungen? Darf man sich auf die Geschichte der/des ( ) beschränken? Greift nicht der Begriff der/des ( ) weit darüber hinaus, verbindet er sich nicht mit den verschiedensten philosophischen Systemen und Weltauslegungen? Dann aber ist er vom Ästhetischen allein aus nicht zu fassen, gerät jedoch damit in Gefahr, vollends zu entgleiten, der konstruierenden Willkür überlassen, so daß er sich in der Anschauung nicht mehr sättigt. Das Wort ( ) wird zu einem Fetisch, dessen Zauberkraft dort am wirksamsten scheint, wo sich die Rätsel unseres irdischen Daseins nicht mehr auflösen lassen.

(nach Benno von Wiese)

RUDOLF FASSBENDER

Paußt skröpptomm

Üßt donn dös Kadeucht kamocht,
kimmt dörr Winturr oibur Nocht!
Denn Gepfattur thaut mütnüchten
süch noch Pheilusauphen rüchten!

Hauch pfum Hümpel pfallt dör Schnei,
karau üßt allur Theihurei
raupft dör Deuchtur süch dei Hooren
ont geiht pflauks tsom Tschleitun foohren!

(nach Matthias Koeppel)

Textnachweise

KURT BARTSCH

geboren am 10. 7. 1937 in Berlin

Aal grün, S. 199; *Zettels Zeddel*, S. 201; *Letztes-vor-dem-allerletzten-Lied*, S. 203; *Bruch*, S. 204; *Halbzeit*, S. 206; *felt futsch*, S. 207. Aus: Die Hölderlinie. Rotbuch Verlag, Berlin 1983, S. 77f.; S. 14f.; S. 30; S. 28; S. 35; S. 29. Abdruck mit freundlicher Genehmigung des Autors.

ANDREAS BEHRENS

Schüler, Lebensdaten nicht bekannt

Rotkäppchen und der böse Wolf, S. 35. Aus: Experimente. Herausgegeben von Rainer Becker und Roland Kunkel. Hess. Institut für Bildungsplanung und Schulentwicklung, Wiesbaden 1993, S. 106.

FRANZ BLEI

geboren am 18. 1. 1871 in Wien, gestorben am 10. 7. 1942 in Westbury/Long Island, USA

Neue Gespräche Goethes mit Eckermann, S. 77. Aus: Scharf geschossen. Die deutschsprachige Parodie von 1900 bis zur Gegenwart. Herausgegeben und eingeleitet von Hans Reinhard Schatter. Scherz Verlag, Bern/München/Wien 1968, S. 78f. © Internationaal Literatuur Bureau B.V. Hilversum/Holland für die Erbengemeinschaft Franz Blei.

EDWIN BORMANN

geboren am 14. 4. 1851 in Leipzig, gestorben am 3. 5. 1912 in Leipzig

Quintessenz, S. 73. Aus: ›Fliegende Blätter‹. München. Bd. 83, S. 190; *Schiller-Quintessenz*, S. 87. Aus: Frei nach Goethe. Parodien nach klassischen Dichtungen Goethes und Schillers. Herausgegeben von Wolfgang Hecht. Reutter & Loewig Verlag, Berlin 1963, S. 114.

SERENUS M. BREZENGANG (d.i. Hans Magnus Enzensberger)

geboren am 11. 11. 1929 in Kaufbeuren

Kreubst du das Lerd ..., S. 71; *Sonett*, S. 117; *Wenn einst dieser herd ...*, S. 144. Aus: Das Wasserzeichen der Poesie oder Die Kunst und das Vergnügen, Gedichte zu lesen. Herausgegeben von Andreas Thalmayr. Verlag Franz Greno, Nördlingen 1985, S. 267; S. 122; S. 27. © Eichborn AG, Frankfurt am Main, September 1985.

WOLFGANG BUHL

geboren am 15. 4. 1925 in Reinsdorf/Sachsen

Tagebücher, S. 153; *Das Glasperlenspiel*, S. 156; *Abgangslicht*, S. 163; *Strahlungen*, S. 187. Aus: Äpfel des Pegasus. Neue Parodien. Paul Steegemann Verlag, Berlin 1953, S. 56 f.; S. 51 f.; S. 11; S. 53 f.; *Camp bei Nacht*, S. 205. Aus: Scharf geschossen. Die deutschsprachige Parodie von 1900 bis zur Gegenwart. Herausgegeben und eingeleitet von Hans Reinhard Schatter. Scherz Verlag, Bern/München/Wien 1968, S. 126. Abdruck mit freundlicher Genehmigung des Autors.

DE GAL. (d.i. Karl Paumgartten)

geboren am 18. 12. 1872, gestorben am 5. 3. 1927 in Wien

Was ich liebe, S. 128. Aus: ›Die Muskete‹. Wien, 1. Jg., 1905, Nr. 22.

A. DE NORA (d.i. Anton Alfred Noder)

geboren 1864, gestorben 1936

Oder: »Über allen Wipfeln ist Ruh ...«, S. 58. Aus: ›Jugend‹. München, 25. Jg., 1925, Nr. 8.

RICHARD DEHMEL

geboren am 18. 11. 1863 in Wendisch-Hermsdorf/Brandenburg, gestorben am 8. 2. 1920 in Blankenese bei Hamburg

Mein Trinklied, S. 120. Aus: Deutsche Chansons (Brettl-Lieder). Insel-Verlag, Leipzig 1912, S. 69 f.

JOCHEN DUDERSTADT

geboren am 9. 4. 1947 in Hannover

Die Harzreise von 1990, S. 114. Aus: Zwangslektüre. Die 25 meistgelesenen Schulklassiker. Inhalt, Bedeutung, Parodie. © Eichborn AG, Frankfurt am Main, Januar 1990, S. 89 f.

ARMIN EICHHOLZ

geboren am 19. 12. 1914 in Heidelberg

Rück-Strahlungen, S. 190; *Un-Fuge*, S. 196. Aus: In flagranti. Parodien. Pohl u. Co Verlag, München 1954, S. 28-32.

KATRIN ENDERS / JULIANE NIKLAS

Schüler, Lebensdaten nicht bekannt

Rotkäppchen mit Satzzeichen, S. 37. Aus: Experimente. Wiesbaden 1993, S. 107.

FRED ENDRIKAT

geboren am 7. 6. 1890 in Nakel/Netze, gestorben am 12. 8. 1942 in München

Schadenfreude, S. 80. Aus: Höchst weltliche Sündenfibel. Buchwarte-Verlag, Berlin 1940, S. 63. Abdruck mit freundlicher Genehmigung von Karin Liedschulte.

HEINZ ERHARDT

geboren am 20. 2. 1909 in Riga/Lettland, gestorben am 5. 6. 1979 in Hamburg-Wellingsbüttel

Das Weidenrößlein, S. 52; *Der König Erl*, S. 66; *Kennst Du den Ort?*, S. 70; *Der Tauchenichts*, S. 82; *Die Entstehung der Glocke von Schiller*, S. 85; *Das Unwetter*, S. 103. Aus: Das große Heinz Erhardt Buch. © Fackelträger Verlag, Oldenburg, S. 22; S. 23; S. 160; S. 21; S. 18-21; S. 17.

RUDOLF FASSBENDER

geboren am 1. 2. 1952 in Sinzig

Paußt skröpptomm, S. 217. Aus: Sammelsummarium. Verlag Wolfgang Witte, Kakenstorf 1992, S. 23. Abdruck mit freundlicher Genehmigung des Autors.

RUDOLF FRANZ

geboren am 1. 9. 1882 in Köln, gestorben am 25. 10. 1956 in Leipzig

Rotkäppchen, S. 30. Aus: Die schönsten Märchen für die nationale Kinderwelt. Bearbeitet im Sinne des Reichsverbandes gegen die Sozialdemokratie von Rudolf Franz. Neu herausgegeben und mit einem Nachwort versehen von Brigitte und Dieter Emig. WWA-Verlag, Bremen 1984, S. 53-56.

ERICH FRIED

geboren am 6. 5. 1921 in Wien, gestorben am 22. 11. 1988 in Baden-Baden

An Anna Emulb. Junogedicht I – in Memoriam Kurt Schwitters, S. 175. Aus: Liebesgedichte. © Klaus Wagenbach Verlag, Berlin 1979, NA 1995, S. 41.

GÜNTER BRUNO FUCHS

geboren am 3. 7. 1928 in Berlin, gestorben am 19. 4. 1977 in Berlin

Und noch ein gleiches ... (eigentl. Titel: Nationalhymne des deutschen Bundeskanzlers im Urlaub), S. 59. Aus: Werke. Band 2: Gedichte und kleine Prosa. Herausgegeben von Wilfried Ihrig. © Carl Hanser Verlag, München–Wien 1992, S. 150.

ROBERT GERNHARDT

geboren am 13. 12. 1937 in Reval/Estland

Terzinen über die Vergeßlichkeit, S. 146. Aus: Gedichte 1954-1997. © 1999 by Robert Gernhardt u. Haffmans Verlag AG Zürich.

ADOLF GLASSBRENNER

geboren am 27. 3. 1810 in Berlin, gestorben am 25. 9. 1876 ebenda

Variationen zum Leierkasten, S. 19. Aus: Unsterblicher Volkswitz. Bd. 1. Herausgegeben von Klaus Gysi und K. Böttcher. Verlag Das neue Berlin, Berlin 1954, S. 279 f.

KURT GRAF

geboren am 23. 5. 1883 in Regensburg, gestorben am 25. 9. 1976 ebenda

Faust, S. 72. Aus: Das fidele Kurt-Graf-Buch. Wilhelm Goldmann Verlag, Leipzig o. J., S. 107 f.

FRITZ GRASSHOFF

geboren am 9. 12. 1913 in Quedlinburg, gestorben am 9. 2. 1997 in Hudson/Kanada

Neues Kinderlied, S. 24. Aus: Halunkenpostille, Rumpelkammerromanzen, Hafenballaden, Spelunkensongs. Karl Lange Verlag, Duisburg 1955, S. 33. Abdruck mit freundlicher Genehmigung der Erben Fritz Grasshoffs.

HANNS VON GUMPPENBERG

geboren am 4. 12. 1866 in Landshut, gestorben am 29. 3. 1928 in München

Abendlied, S. 105; *Ballade*, S. 112; *Schlangenringelreime*, S. 113; *Augenraub*, S. 118; *Im Stübchen beim Liebchen*, S. 122; *Sommermädchenküssetauschelächelbeichte*, S. 127; *Genesung*, S. 129; *Mine Haha Succuba*, S. 138; *american bar*, S. 143. Aus: Das Teutsche Dichterroß. Süddeutscher Verlag [15]1966, S. 15; S. 25; S. 24; S. 38; S. 18; S. 62; S. 74; S. 81.

ARNOLD HAU (Kunstfigur von Robert Gernhardt, F.W. Bernstein und F.K. Waechter)

Der Sängerkrieg auf der Wartburg, S. 40. Aus: Die Wahrheit über Arnold Hau. Herausgegeben von Robert Gernhardt, F.W. Bernstein und F.K. Waechter. Fischer Taschenbuch Verlag, Frankfurt am Main 1996, S. 48-53. Abdruck mit freundlicher Genehmigung von Fritz Weigle.

KARL HEINLEIN-MARTIUS

Lebensdaten nicht bekannt

Ein Fantasus-Frühstück, S. 133; *Liebe und Leben des Cornet Christoph Rilke*, S. 141. Aus: Die zehnte Muse. Bd. 3: Groteske und Satire. Herausgegeben von Richard Zoozmann. Otto Elsner Verlagsges., Berlin 1929, S. 167; S. 166f.

ARNO HOLZ

geboren am 26. 4. 1863 in Rastenburg/Ostpr., gestorben am 26. 10. 1929 in Berlin

Aus »Des berühmbten Schäffers Dafnis sälbst verfärtigte, sämbtliche Freß-, Sauff- & Venus-Lieder«. Er bokulirt im Hirschen. Ode Trochaica, S. 49. Aus: Werke. Bd. 5. Herausgegeben von Wilhelm Emrich und Anita Holz. Luchterhand Verlag, Neuwied u. Berlin-Spandau 1962, S. 74ff.

ERNST JANDL

geboren am 1. 8. 1925 in Wien, gestorben am 9. 6. 2000 ebendort
ÜBE!, S. 56. Aus: poetische werke. Band 4: der künstliche baum. Herausgegeben von Klaus Siblewski. Luchterhand Literaturverlag, München 1997, S. 127.

DAVID KALISCH

geboren am 23. 2. 1829 in Breslau, gestorben am 21. 8. 1972 in Berlin
Der Erlkönig, S. 63. Aus: Eugen Kalkschmidt, Deutsche Freiheit und deutscher Witz. Hanseatische Verlagsanstalt, Hamburg/Berlin/Leipzig 1928, S. 132-134.

ERICH KÄSTNER

geboren am 23. 2. 1899 in Dresden, gestorben am 29. 7. 1974 in München
Kennst Du das Land, wo die Kanonen blühn?, S. 68. Aus: Herz auf Taille. © Atrium Verlag, Zürich und Thomas Kästner.

KLABUND (d.i. Alfred Henschke)

geboren am 4. 11. 1890 in Crossen/Oder, gestorben am 14. 8. 1928 in Davos
Deutsches Volkslied, S. 21. Aus: Volker Kuhn, Hoppla, wir leben, Kabarett einer gewissen Republik. Quadriga Verlag, Weinheim/Berlin 1988, S. 37. Abdruck mit freundlicher Genehmigung des Verlags Königshausen und Neumann, Würzburg.

K. KOWALSKI

Lebensdaten nicht bekannt
Futuristische Ballade, S. 164. Aus: ›Fliegende Blätter‹. München. Bd. 151, S. 41.

KARL KRAUS

geboren am 28. 4. 1874 in Jicin/Böhmen, gestorben am 12. 6. 1936 in Wien
Das Seidenhöslein, S. 53. Aus: ›Die Fackel‹. Wien, Jg. 1925, Nr. 697-705, S. 66. © Suhrkamp Verlag Frankfurt am Main.

GEORG KREISLER

geboren am 18. 7. 1922 in Wien

Das klassische Gedicht, S. 91. Aus: Taubenvergiften für Fortgeschrittene. Wilhelm Heyne Verlag, München 1983, S. 86-90. Alle Rechte beim Thomas Sessler Verlag GmbH Wien.

HELLMUTH KRÜGER

geboren am 22. 6. 1890 in Dorpath, gestorben am 5. 8. 1955 in München

Die expressionistische Rakete, S. 159. Aus: Scharf geschossen. Die deutschsprachige Parodie von 1900 bis zur Gegenwart. Herausgegeben und eingeleitet von Hans Reinhard Schatter. Scherz Verlag, Bern/München/Wien 1968, S. 163.

RENÉ HERMANN MARKOWSKY

geboren am 2. 6. 1917 in Moskau

Chanson für die moralische Schauerbude, S. 183. Aus: Was ich athme wird Moral. Glock u. Lutz Verlag, Nürnberg 1961.

M. MEITNER

Lebensdaten nicht bekannt

Der moderne Erlkönig, S. 61. Aus: ›Fliegende Blätter‹. München. Bd. 107, S. 219 f.

FRANZ MON (d. i. Franz Löffelholz)

geboren am 6. 5. 1926 in Frankfurt/Main

über allen wipfeln, S. 60. Aus: Poetische Texte 1971-1982. Gesammelte Texte. Bd. 4. © Verlag Gerhard Wolf, janus press, Berlin 1997, S. 179.

N. N.

Fish's Night Song, S. 136. Aus: Das Wasserzeichen der Poesie oder Die Kunst und das Vergnügen, Gedichte zu lesen. Herausgegeben von Andreas Thalmayr. Verlag Franz Greno, Nördlingen 1985, S. 413; *Der Igel*, S. 137. Aus: Parodie als Literatur. Auswahl und Einführung von Elisabeth Pathé. Ullstein Verlag, Berlin 1983, S. 25; *An Herrn Anna Blume*, S. 173. Aus: ›Die Pille‹. 1. Jg., Leipzig 1920, Heft 2.

ROBERT NEUMANN

geboren am 22. 5. 1897 in Wien, gestorben am 3. 1. 1975 in München

Aus »Gespräche mit Goethe«, S. 75. Aus: Mit fremden Federn. © 1927 Engelhorn Verlag, Stuttgart, S. 7; *Nachtrag zu ›Also sprach Zarathustra‹*, S. 124. Aus: Heiterkeit in Dur und Moll. Bd. 1. Herausgegeben von Erich Kästner. Fackelträger Verlag, Hannover 1958. Alle Rechte vorbehalten © Deutsche Verlags-Anstalt, Stuttgart; *Mutteranruf*, S. 147; *Ich lasse mich nicht!*, S. 149. Aus: Die Parodien. Gesamtausgabe. Kurt Desch Verlag, Wien, München, Basel 1962. Alle Rechte vorbehalten © Deutsche Verlags-Anstalt GmbH, Stuttgart.

PETER ORTHOFER

geboren am 17. 6. 1940 in Berlin

Die Wirtin an der Lahn, S. 89; *Heurigenlied*, S. 119; *(Brief an den Minister)*, S. 208. Aus: Als wärs ein Stück von ihm. Buch- und Schallträger Verlag Karl Schwarzer, Wien o. J., S. 18-20; S. 34 f.; S. 55-58. © Buchverlag Karl Schwarzer, A-3002 Purkersdorf, Hiessbergergasse 1/1.

PIKARO

Lebensdaten nicht bekannt

Modernes Waldlied, S. 107. Aus: Die zehnte Muse. Bd. 3: Groteske und Satire. Herausgegeben von Richard Zoozmann. Otto Elsner Verlagsges., Berlin 1929, S. 160.

GÜNTER PUCHNER

geboren am 27. 2. 1936 in München

Die Loreley, S. 111. Aus: Kundenschall. Das Gekasper der Kirschenpflücker im Winter. Übersetzungen ins Rotwelsch. Deutscher Taschenbuch Verlag, München 1976, S. 135.

HANS REIMANN

geboren am 18. 11. 1889 in Leipzig, gestorben am 13. 6. 1969 in Schmalenbeck bei Hamburg

Klirr hab rubinenes, S. 161. Aus: Von Karl May bis Max Pallenberg in 60 Minuten. Kurt Wolff Verlag, München 1924, S. 15; *Laterna*

Tragica, S. 181. Aus: Oswin, der ertrunkene Hering. Chansons, Gedichte, Grotesken, Miniaturen und Parodien. Eulenspiegel-Verlag, Berlin 1985, S. 11; *Ansprache eines hundsgefährlich besoffenen Seemanns an den Portier des Niederwalddenkmals im Leipziger Rosental*, S. 185. Aus: Scharf geschossen. Die deutschsprachige Parodie von 1900 bis zur Gegenwart. Herausgegeben und eingeleitet von Hans Reinhard Schatter. Scherz Verlag, Bern/München/Wien 1968, S. 85 f.

JOACHIM RINGELNATZ (d. i. Hans Bötticher)
geboren am 7. 8. 1883 in Wurzen/Sachsen, gestorben am 16. 11. 1934 in Berlin
Volkslied, S. 23. Aus: Das Gesamtwerk in sieben Bänden. Copyright © 1994 Diogenes Verlag AG Zürich.

ALBERT RODERICH (d. i. Albert Rosental)
geboren am 28. 8. 1846 in Groden b. Brunsbüttelkoog, gestorben am 14. 1. 1938 in Hamburg
Erlkönig, S. 67. Aus: Gerhard Grümmer, Spielformen der Poesie. 2. Auflage 1988. VEB Bibliographisches Institut Leipzig, Seite 217 f.

PETER RÜHMKORF
geboren am 25. 10. 1929 in Dortmund
Variation auf »Gesang des Deutschen« von Friedrich Hölderlin, S. 99; *Auf eine Weise des Joseph Freiherrn von Eichendorff*, S. 106. Aus: Gedichte. Werke 1. Copyright © 2000 by Rowohlt Verlag GmbH, Reinbek, S. 233-235; S. 239.

C. SCH.
Lebensdaten nicht bekannt
Der Räthseldoppelmeuchelmordgeselle, S. 126. Aus: ›Fliegende Blätter‹. München. Bd. 119, S. 110.

BERNHARD SCHÄFER
geboren am 16. 5. 1877 in Mannheim, Todesdatum unbekannt
3 x Dada, S. 167. Aus: ›Fliegende Blätter‹. München. Bd. 151, S. 111; S. 205.

JOSEPH VICTOR VON SCHEFFEL

geboren am 16. 2. 1826 in Karlsruhe, gestorben am 9. 4. 1886 ebenda

Das Hildebrandlied, S. 39. Aus: Musenklänge aus Deutschlands Leierkasten. Verlag Enßlin & Laiblin, Reutlingen o. J., S. 95 f.

AUGUST WILHELM SCHLEGEL

geboren am 8. 9. 1767 in Hannover, gestorben am 12. 5. 1845 in Bonn

Lob den Frauen, S. 79. Aus: Sämtliche Werke. Herausgegeben von Eduard Böcking. 2. Teil. Georg Olms Verlag, Hildesheim / New York 1971, S. 172.

ALFRED SCHMASOW

geboren am 5. 1. 1863 in Berlin, gestorben am 16. 5. 1924 ebenda

Eine feine Partie, S. 135. Aus: Der humoristische Abend, Eine Auswahl humoristischer Scenen für 2 und mehr Personen. Gesammelt und herausgegeben von Paul R. Lehnhardt. Mühlhausen in Thüringen o. J., Bd. 1.

ROLF SCHNEIDER

geboren am 17. 4. 1932 in Chemnitz

Die Zwiebackmagd, S. 194. Aus: Scharf geschossen. Die deutschsprachige Parodie von 1900 bis zur Gegenwart. Herausgegeben und eingeleitet von Hans Reinhard Schatter. Scherz Verlag, Bern / München / Wien 1968, S. 193.

WERNER SCHNEYDER

geboren am 25. 1. 1937 in Graz

Herbsttag, S. 139. Aus: Wut und Liebe. Gesammelte Ansichten. Copyright © 1985 by Kindler Verlag GmbH, München.

HUGO SCHWERDTNER

geboren am 7. 8. 1875 in Wien, gestorben am 29. 5. 1936 in Wien

Gefuehlscurven, S. 131. Aus: Hans E. Goldschmidt, Quer sacrum. Wiener Parodien und Karikaturen der Jahrhundertwende. Verlag Jugend und Volk, Wien / München 1976, S. 36.

KURT SCHWITTERS

geboren am 20. 6. 1887 in Hannover, gestorben am 8. 1. 1948 in Kendal/Ambleside, England

An Anna Blume, S. 171. Aus: Das literarische Werk. Bd. 1. Herausgegeben von Friedhelm Lach. DuMont Buchverlag, Köln 1973, S. 58f. © 1973 Kurt Schwitters, Das gesamte literarische Werk, DuMont Buchverlag Köln.

KARL SEEMANN

geboren am 19. 8. 1928 in Rheine/Westf.

Astern, S. 162. Aus: Der Literat. Frankfurt/Main, 22. Jg., 1980, S. 216. Abdruck mit freundlicher Genehmigung des Geest Verlags.

SEBASTIAN SEGELFALTER (d.i. Richard Müller-Freienfels)

geboren am 7. 8. 1882 in Ems, gestorben am 12. 12. 1949 in Weilburg

Aasgeier, S. 160. Aus: Die Vögel der Deutschen Dichter. © 1947 by F.A. Herbig Verlagsbuchhandlung GmbH, München.

ROMEO SELIGMANN

geboren am 30. 6. 1808 in Nikolsburg, gestorben am 15. 9. 1892 in Wien

Die Besseren, S. 145. Aus: Hans E. Goldschmidt, Quer sacrum. Wiener Parodien und Karikaturen der Jahrhundertwende. Verlag Jugend und Volk, Wien/München 1976, S. 100.

ANDREAS THALMAYR (d.i. Hans Magnus Enzensberger)

geboren am 11. 11. 1929 in Kaufbeuren

Wer zu fassen wußte es je ..., S. 102; *Der Tod*, S. 104. Aus: Wasserzeichen der Poesie oder Die Kunst und das Vergnügen, Gedichte zu lesen. Herausgegeben von Andreas Thalmayr. Verlag Franz Greno, Nördlingen 1985, S. 139; S. 28. © Eichborn AG, Frankfurt am Main, September 1985.

FRIEDRICH TORBERG

geboren am 16. 9. 1908 in Wien, gestorben am 10. 11. 1979 ebenda

Ein Märchen, S. 26. Aus: Das Gesamtwerk. © by Langen Müller Verlag in der F.A. Herbig Verlagsbuchhandlung GmbH, München.

KURT TUCHOLSKY

geboren am 9. 1. 1890 in Berlin, gestorben am 21. 12. 1935 in Göteborg/Schweden

Lied der Cowgoys, S. 179. Aus: Gesammelte Werke. Bd. 3. Copyright © 1960 by Rowohlt Verlag GmbH, Reinbek, S. 544 f.

HANS HEINRICH VON TWARDOWSKI

geboren am 5. 5. 1898 in Stettin, gestorben am 28. 11. 1958 in New York

Monolog eines jungen Mannes von vierzig Jahren, S. 148. Aus: Parodie als Literatur. Auswahl und Einführung von Elisabeth Pathé. Ullstein Verlag, Berlin 1983, S. 43; *Das sanfte Dada*, S. 169. Aus: Der rasende Pegasus. Axel Juncker Verlag, Berlin 1919.

KARL VALENTIN (d. i. Valentin Ludwig Fey)

geboren am 4. 6. 1882 in München, gestorben am 9. 2. 1948 in Planegg bei München

Lorelei, S. 109; *Das futuristische Couplet*, S. 166. Aus: Gesammelte Werke in einem Band. © Piper Verlag GmbH, München 1985.

LENE VOIGT

geboren am 2. 5. 1891 in Leipzig, gestorben am 16. 7. 1962 ebenda

De säk'sche Lorelei, S. 108. Aus: Säk'sche Balladen. A. Bergmann Verlag, München 1972. Abdruck mit freundlicher Genehmigung von Josef Wagner.

VOLKSMUND

Der Taucher, S. 81. Aus: Hinaus in die Ferne/Mit Butterbrot und Speck, Die schönsten Parodien auf Goethe bis George. Gesammelt und verlegt bei Ernst Heimeran. Tübingen [3]1952, S. 231.

HANS WALD (Pseud. nach dem Motto: Wie man in ihn hineinruft, so schallt es heraus)

geboren am 3. 6. 1935 in Krummau/Moldau

sah ein maid …, S. 55. Originalbeitrag; *abends/am rande der nacht*, S. 140; *ü-gedicht*, S. 170; *an otto wolke*, S. 177. Aus: Karl Riha, Was ist mit mir heute los? Anabas Verlag, Gießen 1994, S. 78;

S. 81 f., S. 80; *Schädelbasislektion*, S. 212. Originalbeitrag; *Nachwort*, S. 213. Originalbeitrag.

ROBERT WALSER

geboren am 15. 4. 1878 in Biel/Kanton Bern, Schweiz, gestorben am 25. 12. 1956 in Herisau/Kanton Appenzell

Tell in Prosa, S. 83. Aus: Das Gesamtwerk. Bd. 1. Herausgegeben von Jochen Greven. Verlag Helmut Kossodo, Genf/Hamburg 1972, S. 258-260. © Suhrkamp Verlag Frankfurt am Main.

PETER WAWERZINEK

geboren am 28. 9. 1954 in Rostock

Ja zu Rotkäppchen, S. 38; *Mamis Assi*, S. 211. Aus: Es war einmal ... Parodien zur DDR-Literatur. Unabhängige Verlagsbuchhandlung Ackerstraße, Berlin 1990. Abdruck mit freundlicher Genehmigung des Autors.

»Durch das Jahr«
Anthologien
im insel taschenbuch

Das Insel-Buch der Bäume. Herausgegeben von Gottfried Honnefelder. it 1041. 286 Seiten

Frische Feigen. Ein literarischer Früchtekorb. Herausgegeben von Hans Ulrich Hirschfelder. it 2646. 220 Seiten

Frohe Ostern. Geschichten und Gedichte. Herausgegeben von Franz-Heinrich Hackel. it 2372. 214 Seiten

Das Frühlingsbuch. Gedichte und Prosa. Herausgegeben von Hans Bender und Nikolaus Wolter. it 914. 238 Seiten

Das Gartenbuch. Gedichte und Prosa. Ausgewählt von Hans Bender. Mit farbigen Fotografien. it 1803. 273 Seiten

Das Herbstbuch. Gedichte und Prosa. Herausgegeben von Hans Bender. it 657. 262 Seiten

Lektüre im Garten. Ausgewählt von Franz-Heinrich Hackel. it 1967. 290 Seiten

Meine erste Reise. Sechzehn wahre Geschichten. Herausgegeben von Hans Scherer. it 2196. 197 Seiten

Narrenzeit. Geschichten und Bilder von argen Schelmen, seltsamen Käuzen und buntscheckigem Volk. Herausgegeben von Walter Gerlach. it 2274. 271 Seiten

Ostern in Rom. Herausgegeben von. Stefan Janson. it 2596. 234 Seiten

NF 17/1/4.00

Das Regenbuch. Herausgegeben von Simone Frieling.
it 2579. 224 Seiten

Die Rose. Herausgegeben von Beatrix Müller-Kampel.
it 2619. 220 Seiten

Schwimmen. Texte und Bilder. Herausgegeben von Gisela Linder. it 2523. 140 Seiten

Das Sommerbuch. Gedichte und Prosa. Herausgegeben von Hans Bender. it 847. 230 Seiten

Ein Sommer wie im Märchen. Geschichten für den Reisekoffer, gepackt von Franz-Heinrich Hackel.
it 1728. 286 Seiten

Sommerliebe. Zärtliche Geschichten für den Reisekoffer, gepackt von Franz-Heinrich Hackel. it 1728. 350 Seiten

Das Winterbuch. Gedichte und Prosa. Herausgegeben von Hans Bender und Hans Georg Schwank. it 728. 252 Seiten

Wolken. Gedanken des Himmels. Gedichte, Prosa und farbige Bilder. Ausgewählt von Charitas Jenny-Ebeling.
it 1871. 246 Seiten

NF 17/2/4.00

»Das Leben lieben«
Anthologien
im insel taschenbuch

Einsamkeiten. Ein Lesebuch. Herausgegeben von Ilma Rakusa. it 1691. 230 Seiten

Glück. Erkundigungen, eingeholt von Gottfried Honnefelder. it 1459. 377 Seiten

Orte der Seele. Gedanken über das Jenseits. Herausgegeben von Hans-Joachim Simm. it 2238. 327 Seiten

Über die Freundschaft. Herausgegeben von Hans-Ulrich Müller-Schwefe. it 1783. 227 Seiten

Vom Abschied. Eine Gedichtsammlung. Herausgegeben von Margot Litten. it 694. 177 Seiten

Vom Geheimnis der alltäglichen Dinge. Gedanken, Betrachtungen und Erfahrungen. Herausgegeben von Johannes Werner. it 2172. 193 Seiten

Vom Mitleid. Die heilende Kraft. Herausgegeben von Ulrich Kronauer. it 2503. 208 Seiten

Von der Gelassenheit. Texte zum Nachdenken. Herausgegeben von Hans-Joachim Simm. it 2105. 170 Seiten

Von der Würde des Menschen. Ausgewählt von Hans-Joachim Simm. it 2545. 160 Seiten

Was also ist die Zeit? Erfahrungen der Zeit, gesammelt von Gottfried Honnefelder. it 1774. 284 Seiten

NF 18/1/4.00

»Liebe«
Anthologien
im insel taschenbuch

An mein Kind. Gedichte an Töchter und Söhne. it 2227. 146 Seiten

Liebe Mutter. Eine Sammlung von Elisabeth Borchers it 230. 327 Seiten

Casanova-Geschichten. Ausgewählt von Erich Kleßmann. it 2117. 361 Seiten

Die Kunst der Verführung. Herausgegeben von Birgit Haustedt. Mit zahlreichen Abbildungen. it 1837. 279 Seiten

Der Kuß. Von der schönsten Sache der Welt. Herausgegeben von Doris Maurer. it 2168. 190 Seiten

Liebe und Eros. Spurensuche für Liebende. Herausgegeben von Bernhard Kytzler. it 1613. 260 Seiten

Matrosen sind der Liebe Schwingen. Homosexuelle Poesie von der Antike bis zur Gegenwart. Herausgegeben von Joachim Campe. it 1599. 188 Seiten

Ovid. Liebeskunst. Mit Abbildungen nach etruskischen Wandmalereien. it 164. 113 Seiten

Über die Liebe. Gedichte und Interpretationen aus der »Frankfurter Anthologie«. Herausgegeben von Marcel Reich-Ranicki. it 794. 346 Seiten

NF 19/1/4.00

Die schönsten Liebesgedichte. Herausgegeben von Sigrid Damm. it 1872. 167 Seiten

Die schönsten Liebesgeschichten. Ausgewählt von Elisabeth Borchers. it 2213. 375 Seiten

NF 19/2/4.00

»Lyrik«

Anthologien im insel taschenbuch
Eine Auswahl

An mein Kind. Gedichte an Töchter und Söhne. it 2227. 146 Seiten

Gedichte und Interpretationen aus der »Frankfurter Anthologie«. Herausgegeben von Marcel Reich-Ranicki. it 794. 346 Seiten

Die schönsten Liebesgedichte. Herausgegeben von Sigrid Damm. it 1872. 167 Seiten

Ganz mein Herz dir hingegeben. Gedichte der englischen Romantik. Herausgegeben von Norbert Kohl. Mit farbigen Abbildungen. it 2180. 233 Seiten

Gedichte berühmter Frauen. Von Hildegard von Bingen bis Ingeborg Bachmann. it 2555. 384 Seiten

Das Poesiealbum. Verse zum Auf- und Abschreiben. Mit Bildern und Vignetten. Ausgewählt von Elisabeth Borchers. it 414. 138 Seiten

NF 20/1/4.00

Jean-Philippe Kindler, geboren 1996 in Duisburg, ist Satiriker und Moderator. Für seine Bühnenprogramme erhielt Kindler viele Auszeichnungen, u. a. den Prix Pantheon und den Deutschen Kabarettpreis. Kaum jemand schafft es so wie er, das Politische scharf, humorvoll und zugleich berührend darzustellen. Der Autor sorgt auf Instagram unter @jeanphilippekindler immer wieder für erregte Gemüter. Aktuell tourt er mit seinem Bühnenprogramm «Klassentreffen» durch Deutschland.